小言又兵衛　天下無敵

血戦護持院ヶ原

飯島一次

時代小説

二見時代小説文庫

目次

小言《こごと》又兵衛 天下無敵——血戦護持院《ごじいん》ヶ原《がはら》

第一章　本所《ほんじょ》の隠居

一

「三助《さんすけ》っ、おらんのか」

石倉又兵衛《いしくらまたべえ》の張りのある声で、障子が震えた。

まったく気の利《き》かんやつめ。いったいどこへ行きおったか、と苦《にが》り切っていると、

「へーい」

しばらくして、すうっと唐紙《からかみ》が開いた。

「大殿様、お呼びでございますか」

廊下に小者《こもの》の三助がかしこまる。声も間延びしているが、その顔がまた、へらへらとにやけたように見える。

「へーいとはなんだ。商家ではないぞ。用があるから呼んだのだ。おまえも呼ばれたから参ったのであろうが。お呼びでございますかなどとことさらに言う必要はない。今日は曽我《そが》の仇討《あだう》ちであるぞ」

「わかっておりますよ」

三助はにんまりと頷《うなず》く。

「わかっておるなら、なにをぐずぐずいたしておるのじゃ」

「はい、朝餉《あさげ》の片づけ、洗いものをしておりました」

「なにっ、もう昼に近いではないか。今頃洗いものとは、朝からなにをしておった」

「朝は、今日のお召し物の用意を」

「馬鹿者。そんなものは昨夜のうちに済ませておけばよい」

「どうも、もうしわけございません」

三助はぺこりと頭を下げる。小柄な体の割りに顔は大きく、顎《あご》は細く額《ひたい》がやけに広くて、うらなりの茄子《なす》かへちまを逆さにしたようである。

「まあよい。早く用意をいたせ。髪も結《ゆ》い直さねばならん」

「かしこまりました」

「へらへらしおって。早《はよ》ういたせよ」

言いながら思わず又兵衛は苦笑した。さきほどまでの苛立《いらだ》ちがいつの間にか治まっている。この男の変てこな顔を見ていると、つい気持ちが緩《ゆる》むから不思議である。いくら叱《しか》っても暖簾《のれん》に腕押しで、手ごたえがないのだ。

又兵衛は四年前に家督を娘婿《むすめむこ》に譲った折、お城近くの番町《ばんちょう》の屋敷を出て、本所《ほんじょ》柳島町《やなぎしままち》に隠宅を構えた。その際、又兵衛に付き従ってこちらへ移り、身の回りの世話を一手に引き受けているのが三助である。掃除、洗濯、食事の支度、その他、細々《こまごま》した雑用をこなしているが、さほど気が利くとも思えない。女手があれば、少しは行き届くのだろうが、女中は居つかない。

直参旗本《じきさんはたもと》の石倉家では家格に合わせてそれなりの家来や女中を抱えている。本所の隠宅に移ると決まったとき、娘の美緒《みお》は女中ひとりひとりに問うた。

「父上に従うて本所に参る者はおらぬか」

だれも首を縦《たて》に振らなかった。

「さもあろう」

娘はことさら無理強《じ》いはしなかった。女中たちがいやがるのも無理はない。行先が江戸の外《はず》れの本所だからではない。又兵衛に仕えるぐらいなら、お暇《いとま》をいただきたい、というのが本音である。なにしろ、いちいち口うるさいのだ。

今年五十。若い頃から人一倍武芸に優れ、二十五で御書院番《ごしょいんばん》に就《つ》いた。上様《うえさま》の身辺を警護する大切な役目であり、非番の折は道場に通い、鍛錬《たんれん》は怠らなかった。中背ながら肩幅広く、胸板厚く骨太で堂々としており、顔もいかつい。

が、世は泰平《たいへい》で、武芸よりも口の達者な者、上役に取り入るのに長《た》けた者が出世する。一本気で曲がったことが大嫌い、正直で実直、思ったことが口から出る又兵衛は周囲から煙たがられた。

新参の者には挨拶《あいさつ》の仕方、身なり、立ち居ふるまいを細かく指摘する。同僚が間違ったことを言えば、すかさず注意する。理不尽な上役には断固抗議する。

小言《こごと》又兵衛。だれとはなしに、そんな陰口《かげぐち》が広まっていった。

しかし、又兵衛は動《どう》じなかった。陰口や悪口ほど嫌いなものはない。言いたいことがあれば、堂々と正面から言えばいいではないか。女々《めめ》しい輩《やから》め。

それに、自分は無闇《むやみ》に人を叱りつけたりはしない。わざわざ粗《あら》探しをしてまで、他人を非難しない。人の誤りに気がつけば、それを見過ごせないだけなのだ。相手のためを思えばこそ注意を促すのである。

よくぞ、ご教示くだされた。かたじけない。おかげで恥をかかずにすみました。今後は気をつけるといたしましょう。

そう礼を言うのが筋ではないか。それを陰で小言又兵衛など言語道断《ごんごどうだん》である。口先だけで謝る者、屁理屈《へりくつ》で言い返す者、見苦しい言い訳をする者、相手がそう出ると、

「黙らっしゃい」

と一喝《いっかつ》し、ますます強く意見することになる。

武芸百般の又兵衛がぐっと睨《にら》みつけると、言い争いにはならず、相手はすごすごと引き下がった。そして、うじうじと陰口を叩くのである。

上様は英明なお方であった。八代将軍吉宗《よしむね》公。紀州《きしゅう》家の御三男としてお生まれになり、部屋住みの身から、紀伊大納言《きいだいなごん》となられ、七代将軍が夭折《ようせつ》されると、今度は将軍家をお継《つ》ぎなされた。それゆえ、世間のことにも詳しく、豪放磊落《ごうほうらいらく》で気さくなお方であった。

お目見《めみえ》以上の旗本とはいえ、石倉家は家禄三百俵の小身《しょうしん》。上様は雲の上のお方。お役目で身辺を警護していても、又兵衛が直《じか》に口などきけるわけがない。

ところがある日、はるか頭上から上様のお声がかかった。

「小言又兵衛とは、そのほうか」

「ははあ」

又兵衛は平伏する。悪いあだ名が上様のお耳に達したものか。

「朴直《ぼくちょく》は横道《おうどう》に勝《まさ》る。とは申せ、忠言はときに相手を傷つけ、それがために恨《うら》みを買うこともあろう。口は災いのもととか申す。心するがよいぞ」

小言は決して褒《ほ》められたものではない。上様直々《じきじき》に戒《いまし》められたのだ。

「恐れながら」

われ知らず、又兵衛は身を乗り出していた。上下隔《へだ》てなく思ったことが口から出る性分《しょうぶん》なのだ。たとえ相手が上様であろうと。

「曲がった畝《うね》を直さねば、人馬は窮《きゅう》しまする。見て見ぬふりは忠義とは思えませぬ」

周囲がざわついた。

「これ、又兵衛、なんと申す。無礼であるぞ」

顔色を変えた上役が咎《とが》める。

「よい」

八代将軍は鷹揚《おうよう》にうなずき、又兵衛をじっと見る。

「又兵衛。そちの小言は忠義であるか」

「ははあ」

「ならば、その小言が誤りであったなら、いかがいたす」

「その際は」

ぐっと顔を上げた。

「この又兵衛、今日まで曲がったことを申した覚えはございませぬ。そのことでお咎めあるならば、腹かっさばいてみせまする」

上役も同僚も一同息を飲み、あたりは静まりかえった。

八百万石の征夷大将軍《せいいたいしようぐん》と三百俵の番士が見つめ合う。又兵衛は上様を敬愛してはいたが、決して畏怖《いふ》してなどいない。忠義のためなら死も厭《いと》わず。それが武士の本分であろう。

上様は一瞬、憐《あわ》れむような目をしたが、大きく笑った。

「はっはっは、腹を切るか。それもまた一興じゃな。小言又兵衛、壮士《そうし》なり。忠義に励《はげ》め」

この一件で小言又兵衛の名はますます広まった。勇名ではなく悪名《あくみよう》として。

上様が認めた小言ならばと、素直に有難がる者などいない。恐れ多くも上様に口ごたえして名を売る慮外者《りよがいもの》め。なにしろ腹を切る覚悟の小言だからのう。下手《へた》に逆らって刺し違えられたら災難じゃ。又兵衛への妬《ねた》み嫉《そね》みは陰にこもり、親しく接する友とてなく、出世の道は遠のいた。

が、別に出世なんぞ、どうでもいい。正直にものを言ってなにが悪い。正直を嫌う者こそ不正直。評判など気にせず、武士はお役目大事と心得、又兵衛は非番には剣術の稽古《けいこ》に明け暮れた。

吉宗公が存命であるにもかかわらず、将軍位を退《しりぞ》き、大御所《おおごしょ》となられたのが十一年前、御年《おんとし》六十二歳のときである。

なにゆえに存命中に退位なされたか。

お世継ぎの西の丸様、大納言家重《いえしげ》卿はご病弱。しかもお言葉が少々ご不自由との噂であった。それに引き換え、ご次男の田安中《たやすちゅうじょう》将様は父上のご気質をしっかりと受け継ぎ、利発で聡明。大名の中には家重卿を差し置いて、田安中将を次期将軍に推《お》す動きがあった。

英明な吉宗公は先を見越しておられた。このままご自身が亡《な》くなられたら、西の丸か田安か、世を二分して争いが起きるであろう。蟻《あり》の一穴《いっけつ》が天下の破れ。神君家康《いえやす》公より延々続いた泰平の世が、再び戦乱の修羅場《しゅらば》となってはならぬ。

たしかに西の丸は病弱愚鈍《ぐどん》、田安は聡明。だが、世の秩序を保つには長幼《ちょうよう》の序《じょ》を守ることが肝要と、ご自身が大御所となり、家重卿を九代将軍となされた。

新将軍が西の丸から本丸に移ると、それにともない老中や若年寄など幕閣の顔ぶれが一部入れ替わった。将軍家をお護《まも》りする御書院番のお役目は、上様が替わっても大方はそのままだが、やはり多少の異動があり、他のお役目に栄転する者もいたが、石倉又兵衛はただひとりお役御免《ごめん》となった。まだ三十九歳である。日頃の小言が災いし、上役に疎《うと》まれたのだろう。

口は災いのもと、心せよ。

吉宗公のお言葉が胸に沁《し》みたが、今さら信条は変えられない。

無役《むやく》となれば、まず、暮らし向きが苦しくなる。そんな中で娘の美緒に婿《むこ》を迎えた。病気がちだった妻は娘の祝言《しゅうげん》の後、間もなく先立った。口うるさい夫に甲斐甲斐《かいがい》しく仕え、なにひとつ文句も言わず、女中を指図して家内を切り回し、娘を立派に育てあげた妻。小言ばかりでやさしい言葉ひとつかけずに、妻を見送ってしまった。妻をないがしろにしたつもりはないが、生来武骨、女に対して甘言など、そんな女々しい色男のような真似《まね》はできない。武人の妻ならば、わかってくれていたはずだ。

娘は父を嫌っている。世渡りが下手《へた》で、お役御免となり、家でも小言が絶えず、妻子に苦労をかけながら、自分はのうのうと剣術にあけくれている。

婿の源之丞《げんのじょう》は屋敷にくすぶっている無役の舅《しゅうと》とはなるべく顔を合わせないようにし、同じ屋敷にいながら食事のときしか同席しない。一度、木刀での稽古を誘ったら、冷たく断られた。

「なにっ、わしとは立ち会わぬと申すか」

「いえ、そういうわけではございませんが、わたくし、どうも剣術は不得手《ふえて》でしてな」

「武士が剣術を嫌うとは、言語道断。それでお役目が務《つと》まるのか。なにを笑っておる」

生《なま》っちろい青瓢簞《あおびょうたん》め。

「ふふ、いくら武芸に秀《ひい》でていても、お役につけるとは限りますまい」

又兵衛を皮肉《ひにく》りつつ、まるで武術を道楽のごとく思っている言い草であった。

「なんと申す。剣こそは武士の命であるぞ」

横から娘が父をたしなめる。

「父上、無益な小言はおやめなされませ」

「なにが無益じゃ」

「母上が亡くなってから、父上のお小言、ますますひどくなっておりまする」

「うーん」

「それほどに剣術がお好きなら、いっそのこと、道場でも開かれてはいかがです」

又兵衛が通っていた道場は門弟が次々と減り、何年も前に閉鎖されていた。武芸は廃《すた》れ、士風は乱れ、世は退廃《たいはい》の極《きわ》み。

そんな口論が重なり、娘夫婦とはろくに口もきかなくなった。娘は父よりも夫の味方をする。それも仕方あるまい。武家にとって、夫婦和合は家の存続に欠かせない大事である。

やがて、孫が生まれた。念願の男子であり、市太郎《いちたろう》と名付けた。めでたくはあるが、又兵衛のいかつい顔を恐れてかなつかず、近づいても来ない。又兵衛が抱こうとすると泣き叫ぶ。

「父上、また市太郎を泣かせておられますのか」

娘が睨みつける。

「ふんっ。知らぬわ」

幼子とは申せ、男のくせに祖父を怖がるとは情けないやつ。なつかぬ孫など、さほど可愛いとも思えない。

大御所が亡くなられた翌年、又兵衛は四十六で隠居を願い出て、源之丞に家督を譲った。軟弱な婿は石倉家の当主となると、どう手回ししたものか、実家の伝手《つて》で西の丸御納戸《おなんど》役にすんなりと納まり、お家安泰。

隠居の身で、気の合わぬ婿や娘と暮らすのは息苦しい。そこで本所に移り住むことにしたのだ。そのとき、自ら名乗り出て、いっしょに付いて来たのが小者の三助ひとりであった。

本所は大川《おおかわ》の東、番町からはるかに遠い。その本所のさらに外れの柳島町。大名の下屋敷と田畑に囲まれた寂《さび》しい町場である。すぐ近くの横十間川《よこじっけんがわ》に架かる橋を渡れば亀戸天満宮《かめいどてんまんぐう》があり、もはや江戸というよりは下総《しもうさ》の国に近い。

なにゆえ、こんな鄙《ひな》びたところに隠宅を構えることになったか。それは婿の源之丞のはからいである。

家督を譲り隠居となったからには、屋敷を出て、どこかに庵《いおり》でも結びひっそりと老後をおくりたい。娘夫婦にそう告げた。家を出れば別所帯で衣食住に金がかかる。今の石倉家にはそんな無駄遣いをする余裕などございません、と反対されるかと思いきや、源之丞は早速に柳島町の家を手配してくれた。実家に出入りの商人が寮（別荘）として使っていたらしい。

長年住み慣れた武家屋敷とは比べものにはならないが、間数もあり、広い庭もあり、庵どころか隠宅としては充分すぎるほどだ。口うるさい舅を江戸の外れに厄介《やっかい》払いできて清々《せいせい》したというのが源之丞の本音だろうが、又兵衛は婿のはからいに感謝している。あれで、こちらの気持ちをよく察しておるわい。武芸はできぬまでも、頭のいい男だ。

小者の三助は二十五の若造で、六年前に辞めた老僕の縁者ということで召し抱えたが、あまり気の利く男ではない。日本橋《にほんばし》の生まれで小商いをしていた両親が死に、大店《おおだな》に奉公するが続かず、職を転々とした後、石倉家の小者となる。屋敷にいたときは力仕事や下働き、他の者が避けたがる又兵衛の世話も進んで買って出た。

物に動じない。腹がすわっているというよりも、少々鈍くて、叱られても応えず、いつも気楽にへらへらと笑っている。

さて、四年前、本所の隠宅に移ったはいいが、屋敷の女中はだれも又兵衛の小言を嫌っていっしょに来たがらない。三助と二人、女手がなければ行き届かないこと夥《おびただ》しい。

そこで、町場の女中を雇うことにして、三助を東両国《ひがしりょうごく》の口入屋《くちいれや》に行かせた。旗本の隠居所に住み込みで、家事万端のできる女。

江戸は総体に男は余っているが、女は人手不足。数日待たされた後、ようやくやって来たのが、三十過ぎでなかなかの美形。口を半開きにした色っぽい年増《としま》であった。だらしない媚《こび》を売るようなしぐさを一目見ただけで、又兵衛は喉元《のどもと》まで小言が出そうになるが、ぐっと堪《こら》える。

人出不足で女中が少ない。大殿様、どうか小言はお控えなさいと三助から釘を刺されていたのだ。

女中の仕事は食事の支度、掃除に洗濯、その日はとりあえず三助が指図して、いろいろと教え込む。

ところが翌朝、夜が明けてもなかなか起きてこない。三助が起こして、ようやく朝飯の準備にとりかかるが、要領が悪いのか、飯が炊《た》きあがったのが昼を過ぎた頃。掃除も洗濯もしないいまま、日が暮れる。

一日中、ぐっと我慢していた小言が口からつい飛び出る。

「いったい、なんと心得る。立ったまま襖《ふすま》を開けてはならん。今さらそこに座ってどうするのだ。早うこっちへ持ってまいれ。おお、膳が汚れておるぞ。ちゃんと拭《ふ》いておかぬか。それは手拭《てぬぐ》いじゃ。そんなもので拭いてはいかん」

ああ、とうとう大殿の小言が始まったと、廊下の向こうで三助が目配せする。小言はいけませんよう。

が、いったん口から出ると、もう止まらない。それにこれは小言ではない。この女に人の道理を説いているのだ。人には分《ぶん》というものがある。生まれつき愚《おろ》かな者に愚かさを咎《とが》めても仕方がない。が、たとえ愚かであろうとも、前向きに努《つと》めるのが人である。それを己《おのれ》の愚かさに甘えて、怠けるとはもってのほかだ。

「よいか。そのほうは女中として雇われたのだぞ。わかっておるのか。今日一日なにをしておった。なにゆえ掃除をせんのだ。なにゆえ洗濯をせんのだ。三助には三助の役目がある。そもそも、なぜ、朝に起きてこんのだ。日は短いのだぞ」

「まあ、ご隠居様ったら、おっかないわ」

「なにっ」

女は開き直り、

「そんなに怒らないでくださいましな。うふん」

己の至らなさを詫びるどころか、下卑《げび》た色目を使う。

このわしを籠絡《ろうらく》する所存か。なんという浅ましい女であろう。

たった二日で暇を出した。色っぽい女は怠け癖があり、男に甘えれば済むと思っているので困る。英雄豪傑色を好むというが、お役目大事、武芸一筋できた又兵衛は、女の色香《いろか》に迷うような軟弱さは持ち合わせていない。

「なるべく不器量な女を頼んでまいれ」

三助に言いつけた。

またしばらく待たされて次に来た女が、口入屋も苦労しただろう、相当に不細工であった。背は低いが横幅があり、まるで歩く米俵のようだ。小さな目に獅子鼻《ししばな》、口はへの字に歪《ゆが》んでいる。三助も変な顔だが、どちらかというと愛嬌《あいきょう》があり、滑稽《こっけい》で見ていて楽しい。が、この女の顔は常に不機嫌で、相手をぞっとさせる凄《すさ》まじさがあった。

それでも仕事ができれば、まだいいのだが、顔の造作以上に性根が雑で邪《よこしま》にできている。米をよく研がずに水加減も火加減もいい加減で、飯を焦がしてしまう。掃除は雑巾《ぞうきん》がけをせずに四角い部屋を丸く掃き、洗濯は半乾きで汚れが落ちておらず、がさつで家の中をどたどたと埃《ほこり》を立てて歩きまわる。三助がちょっと注意すると、きいっと叫んで怒鳴《どな》り返す始末である。

「大殿様、勘弁《かんべん》ですよう。大殿様のお小言は平気だが、女に怒鳴られるのはたまりません」

いつもへらへらしている三助が泣きべそで弱音を吐く。

「馬鹿を申すな、男のくせに。我慢しろ。人手不足の折であるぞ」

三日めの朝飯のとき、口の中でがりっと音がし、激痛が走った。米をよく研いでいないので小石が混じっており、奥歯で嚙《か》んでしまったのだ。

「これはなんだっ。飯の炊き方も知らんのか」

我慢に我慢を重ねていた又兵衛、とうとう堪忍袋《かんにんぶくろ》の緒が切れて女を叱りつけた。

「へんっ、なんだい、男のくせに。食い物に文句を言うとは、旗本の隠居が聞いて呆れるよ」

「おのれっ」

「なにがおのれだい。こんな家、こっちから願い下げだ。けっ」

女のほうから尻をまくって出て行った。

その後も何人かの女がやって来たが、女中運が悪いのか、仕事のできない女、礼儀作法を知らない女、口ごたえしたり、言い訳したり、ごまかしたりする女、どれも続かない。女たちは口入屋に又兵衛の小言がうるさ過ぎると口をそろえて注進する。とうとう、口入屋の番頭、三助の顔を見ただけで首を横にふり、女を世話してくれなくなった。

それも仕方あるまい。三助は気が利かず、行き届かないことも多いが、いつしか家事にも慣れて、毎日掃除洗濯食事の支度とこまめに動く。粗悪で不都合な女たちよりよほどましである。

三助自身も下手《へた》に女中に気をつかうより、小言ばかりの大殿とふたりが気楽。番町の屋敷にいたときよりも仕事の量は増えたが、鄙びた本所の暮らしも悪くない。

そんな三助だが、これだけはご容赦《ようしゃ》を、ということがひとつあった。又兵衛はお役御免になってからも、隠居してからも、日々の鍛錬を怠らない。それはいいのだが、困るのは、ときどき三助に剣術の相手をさせることだ。

「若いうちから鍛《きた》えておけば、歳をとってからも健《すこ》やかで長生きできる。おまえは若いくせに貧弱でいかん。せっかく武家奉公しているのだから、刀の持ち方ぐらいは覚えておいて損はないのだ」

滅相もないと、三助は仕事にかこつけて断り続けるのだが、どうしても断りきれずに木刀を持たされることがしばしばある。

「なんだ、その構えは。腰が入っておらん。もっと背筋を伸ばさぬか、馬鹿者っ」

三助、少々の力仕事は平気だが、頭ごなしに罵倒されながら木刀を振ると、芯からどっと疲れる。その上、びゅうんと音をたて、又兵衛が面と向かって打ちかかってくるから恐ろしくて堪《たま》らない。

そこで三助は考えた。大殿様が自分を相手に剣術の稽古をしたがるのは、閑《ひま》を持て余しているからに違いない。

本所の外れに引っ込んで、だれも訪ねる者はなく、どこへも出かけない。家の外へ出るのは、町内の湯屋《ゆうや》に行くときだけときた。

　武家屋敷には湯殿があるが、町人の家には内湯はない。大店であろうと金持ちであろうと、町人は湯屋に行くのがご定法《じょうほう》である。

　広い寮ではあるが、商家から借り受けた隠居所に内湯はなく、又兵衛も三助を供《とも》に町内の湯屋に行く。

　又兵衛が湯に浸《つ》かっていると、無遠慮な職人が入ってきて、熱くてかなわねえとかなんとか言いながら、水を埋めようとする。

「馬鹿者っ、なにをするか。勝手に埋めるな」

　又兵衛が叱りつけると、

「なに言いやがる」

　気の荒い職人は喧嘩《けんか》腰で睨むが、又兵衛の眼光に身をすくませ、逃げるように出て行き、番台にそっと苦情。

「おい、おやじ、あのおっかないの、だれだい」

「あのお方はこの町内に越して来られたお旗本のご隠居だ」

「なに、旗本だあ。ちっ、偉そうにしやがって。裸になりゃ、旗本だろうと大名だろうと、変わりねえや」

「だがな、あのお方は、ただのお旗本の隠居じゃない」

「なんだい」

「おまえさん、聞いてないかい。湯屋でも往来でもだれかれなしに叱りつけなさるから、界隈《かいわい》じゃ近頃ちっとは知れた、その名も小言又兵衛様とおっしゃるのさ」

「うわ、あれが小言又兵衛か。桑原桑原《くわばらくわばら》」

だれ言うとなく、またしても小言又兵衛のあだ名が広まって、又兵衛が町内の湯に入っていると、近所の男たちは橋を渡って亀戸の湯屋まで足を伸ばす始末。又兵衛が往来を歩くと、怒鳴られるのではと恐れて避ける。ますます、又兵衛は隠宅に籠《こも》って木刀を振る。

こんなところに燻《くすぶ》っていたんじゃ、まるで世捨て人か島流しだよ。

だから、退屈まぎれに三助相手に剣術の稽古をしたがるのだろう。ならば気分を変えることを勧めればいい。

「大殿様、今日はお天気がよろしゅうございます」

「おまえはどうしてそう無駄なことを言う。言われなくとも天気がいいのは見ればわかる」

ちぇっ。内心舌打ちしながら、三助は切り出す。

「いかがでございましょう。お天気もよし、すぐそこの橋を渡れば亀戸の天神様。お参りなさっては」

「なに、亀戸の天神だと」

「はい」

ああ、また余計なことを言って叱られるかな。

「おお、そうじゃな」

又兵衛が素直にうなずいたので、逆に三助は驚いた。

「大殿様、ではお参りに」

「うむ、おまえもたまには気の利いたことを言う」

もう一年以上ここに住んでいるが、参拝したことはなかった。隠宅にじっとしていても気が滅入る。神仏に手を合わせるのもたまにはよかろうと羽織袴《はおりはかま》に大小を差し、三助を供に亀戸天満宮に参詣《さんけい》した。

祀《まつ》られている菅原道真《すがわらのみちざね》公は実直で誠実、時の帝《みかど》の信任厚く、右大臣にまで昇ったが、帝が生前に譲位されたため、一本気な気性を藤原《ふじわら》氏に疎《うと》まれて、筑紫《つくし》の国（福岡県）の大宰府《だざいふ》に流された。又兵衛は道真公の終生を思いやる。

吉宗公生前ご譲位の後、お役御免となり隠居となって江戸の外れの亀戸近くにひっそり暮らす自分と、大宰府に流され亀戸に祀られた菅丞相《かんしょうじょう》、これもなにかの縁であろうか。

拝礼ののち、境内《けいだい》に目をやるとけっこう賑《にぎ》わっている。藤の季節は過ぎたが、亀の群がる大きな池があり、葦簀《よしず》張りの茶店が並び、床机《しょうぎ》に腰掛けて茶や団子を楽しむ参拝客。それを目当ての物売りたち。

ふと境内の隅《すみ》から、わあっと歓声が聞こえた。

「なにごとか」

喧嘩でもあろうか。近づいてみると、粗末な小屋でなにか行われているらしい。幟《のぼり》がはためき、大きな絵看板には荒々しい武者と美女が描かれている。

「なんだ、見世物《みせもの》か」

「芝居でございますよ」

日本橋に生まれた下町育ちの三助はしたり顔。

「ほう、これが芝居か」

「ですが、大殿様。場末《ばすえ》の宮地《みやち》芝居で、本式じゃありませんや」

それを聞きとがめた木戸番の親父。

「おいおい、若えの。本式じゃねえだと。三座の檜《ひのき》舞台と比べりゃ、衣裳も道具も月とすっぽんかもしれねえが、役者は人気の花村荒之助《はなむらあらのすけ》、芝居はほんものだいっ」

「へへ、親父さん、聞こえたのかい」

三助は頭を下げる。

「そいつはすまなかったなあ。悪気はねえんだ」

「まあ、いいや。場末には違《ちげ》えねえ。が、面白《おもしれ》えぜ。そこのお侍さん、どうです。ご覧になっちゃ」

「なにを申す。武士が芝居など観《み》るはご法度《はっと》じゃ」

芝居は下々《しもじも》の庶民が観るものであり、吉原遊郭《よしわらゆうかく》同様、身分のある武士が立ち入ってはならぬ悪所《あくしょ》とされていた。とはいえ、武士階級にも吉原や芝居の愛好者はいて、出入りする者はあとを絶たない。

四十年ほど前、大奥の御年寄絵島《えじま》という者が、木挽町《こびきちょう》の山村《やまむら》座で芝居を観たのが発覚した。大奥御年寄は幕閣では老中にも匹敵する高い身分である。表沙汰《おもてざた》になった以上は重い処分が下され、絵島は他家へお預け、実家は断絶となり、当主であった絵島の兄は死罪、山村座は取り潰されて、座元と役者の生島新五郎《いくしましんごろう》は遠島となった。

四座あった江戸の芝居小屋が三座になってしまったのである。

以後、武家の芝居見物には厳しい目が光っている。

「お侍さん、ご懸念にはおよびませんぜ。ここは三座と違って、寺社奉行様のお許しを得ております小屋掛けでござんす。芝居見物も神信心《しんじん》のうち。天神様のご利益《りやく》を願う善男善女に身分の隔てはございません」

そう言われてみれば、絵看板の武者にも小屋の内から感じられる熱気にも大いに興味が湧いた。

「ささ、もう中盤も過ぎたから、お安くいたしますよう」

「ならば三助」

「はい」

「これも信心じゃ。入るといたそう」

ふたりで粗末な木戸をくぐる。

狭い小屋の中に人がひしめいている。舞台の上で、役者が剣で戦う場面。

「おおっ」

又兵衛、思わず声が出た。

父を殺された若武者が豪傑赤木的右衛門《あかぎまとえもん》の助太刀《すけだち》で敵《かたき》を討つのである。

「なるほど」

中盤からでも筋はわかりやすい。赤木的右衛門とはすなわち剣豪荒木又右衛門《あらきまたえもん》のことだとすぐ判明した。かつて伊賀上野《いがうえの》で又右衛門が行った仇討ち、およそ剣を修めた者なら知らぬ者とてない鍵屋《かぎや》の辻の決闘を芝居に仕組んだものである。

又兵衛は舞台に酔いしれた。下賤《げせん》と思っていた芝居の世界に気高い正義があり、剣に生き剣に死ぬ真の武士道がある。現《うつつ》の世では失われつつある美徳を役者が演じている。なんということだ。

その後、屋敷に戻っても芝居が忘れられない。数日の間、そわそわしていた又兵衛が三助に声をかける。

「天満宮に参る。供をいたせ」

「えっ、またでございますか」

驚く三助を供に、橋を渡ると亀戸天満宮。本殿で早々に参拝を済ませ、境内の隅にある小屋に足を運ぶ。

「おや」

武者絵の看板の代わりに、薄気味の悪い女の絵。しかも蛇の胴体のごとく恐ろしく首が長い。

「なんだ、これは」

木戸番も先日とは違う老人である。

「親の因果が子に報い、世にも恐ろしいろくろっ首、お代は見てのお帰りですよう。そこの旦那、お入りなさいまし」

「馬鹿めっ、武士を愚弄《ぐろう》いたすか」

又兵衛は木戸番を叱り飛ばし、踵《きびす》を返す。

ははあ、大殿様はがっかりしてるよ。天神様にお参りなさったのは、信心というより、芝居が観たかったんだな、と察して三助はにんまりした。

先日の小屋掛けは田舎《いなか》回りの三文芝居。興行が終われば、次の場所に移動する。今はろくろっ首の見世物に替わったのだ。又兵衛の心中を察した三助は、進言する。

寺社の小芝居は、役者はぱっとしないし、衣裳も道具も安っぽい。名のある狂言《きょうげん》のさわりだけを演じるので、本式とは比べものにならないのである。

「大殿様、芝居をご覧なさるなら、芝居町がよろしゅうございますよ」

「いつ、わしが芝居を観ると言った」

又兵衛はぎょろりと三助を睨みつける。

「はあ、申し訳ございません」

だが、心は動く。

「その、芝居町とはなんだ」

「大殿様、ご存じありませんか」

「知らんから聞いておるのだ」

「はい、日本橋は堺町《さかいちょう》の中村《なかむら》座、葺屋町《ふきやちょう》の市村《いちむら》座、ふたつがそろっているので、堺町と葺屋町を合わせて芝居町といいます。もうひとつは京橋《きょうばし》木挽町の森田《もりた》座、この三つの小屋が江戸三座と呼ばれております」

幕府公認の芝居小屋が江戸三座である。

「それぐらいは、わかっておる。が、そんなところへ武士がのこのこ出かけては、お咎めとなるは必定じゃ」

大奥絵島の一件が思い出される。

「そりゃそうなんですがね。芝居好きのお武家は、茶屋に刀を預けて、番頭に案内されてそっと小屋に入るそうですよ」

芝居見物には金がかかる。大店の主人や家族、裕福な上客は芝居茶屋を通して席を確保する。幕間《まくあい》には茶屋で休憩したり、茶屋から席まで弁当や酒が届く。終了後は茶屋でさらに飲食。ときには役者が挨拶に来たりするのである。

「愚かな。茶屋など通してはこちらの身分が知れよう」

御家人《ごけにん》や陪臣《ばいしん》はいざ知らず、隠居とはいえ直参旗本。もしも芝居見物が発覚して表沙汰になれば、この身は死罪、婿の源之丞は連座して切腹。石倉の家はお取り潰《つぶ》しとなり、孫の市太郎も下手をすれば、幼いながら八丈島《はちじょうじま》へ遠島。娘の美緒は路頭に迷うことになる。

「町の噂では、今、堺町で忠臣蔵《ちゅうしんぐら》が人気なんですがねえ」

三助は上目遣いで又兵衛をうかがう。

「忠臣蔵、それはいったいどういうものじゃ」

「ご存じありませんか」

「知らんから聞いておる。何度も同じことを言わせるな」

「ええっと、その昔、播州赤穂《ばんしゅうあこう》の浪人が本所松坂町《まつざかちょう》の吉良上野介《きらこうずけのすけ》様のお屋敷に討ち入って、ご主君浅野内匠頭《あさのたくみのかみ》様のご無念を晴らしたという忠臣の仇討ちを芝居に仕組んでいるんですよ」

元禄《げんろく》の討ち入りなら知っている。

「おお、赤穂義士のことではないか」

五十年ほど前の快挙は江戸中で評判になり、今でも身分を問わず語り草だ。

「その討ち入りが芝居になってるんですよ。曽我兄弟の仇討ちにしたり、『太平記《たいへいき》』にしたり、いろいろと趣向を凝《こ》らしているんですが、何年か前に上方《かみがた》で当たった人形浄瑠璃《じょうるり》が『仮名手本忠臣蔵《かなでほん》』といいまして、それを芝居に仕立て直したものが江戸でも大評判となり、森田座、市村座、中村座とそろってまたまた大当たり。それで赤穂義士の討ち入りの芝居を『忠臣蔵』というんです」

又兵衛は驚いた。無学で日頃なにかと鈍い小者の三助の、その口から『曽我物語』だの『太平記』だのと古《いにしえ》の軍記物語の名が出てくるとは。

「三助よ」

「はい」

「おまえがそれほど物識《し》りとは知らなかったぞ。いつ『曽我物語』や『太平記』を読んだのだ」

物識りと言われて顔面をほころばせる三助。

「いえいえ、冗談じゃない。大殿様、わたくし、本など読みません。が、芝居にはよく出てきますから。曽我兄弟も『太平記』も『平家《へいけ》物語』だって」

ますます又兵衛は驚いた。『曽我物語』に『太平記』に『平家物語』、それらが芝居になっているとは。

「おまえはなにゆえにそれほど芝居に詳しいのだ。武家奉公の身で、いったい、いつ芝居を」

「へっへ、なにを隠そう、わたくし、日本橋 橘町《たちばなちょう》の裏店《うらだな》で生まれ育ちました。あの界隈は芝居町とはすぐ近くで、中村座の木戸番のせがれが幼馴染でしたので、子供の頃からちょくちょく芝居は覗《のぞ》いております。お屋敷に奉公に上がる前は、ついでがあれば小屋に出入りを」

　三助がこれほどぺらぺらとしゃべるのは珍しい。

「その中村座とやらで、今、赤穂義士の芝居をやっておるのだな」

「さようでございますよ。大殿様、ご覧になりますか」

　ああ、観たい。天晴《あっぱ》れ武士の鑑《かがみ》の忠臣蔵か。先日の亀戸天満宮の荒木又右衛門より面白そうだ。が、隠居とはいえ直参旗本の身分、そうはいかん。

「馬鹿を申すな。武士が芝居など見物しては」

　大殿様はよほど芝居にご執心だ。ぽんと三助、手を打つ。

「武士がだめなら、町人におなりなさいませ」

「なんと」

「ですから、姿形を町人にすればいいんですよ」

「うーむ」

「それに、茶屋なんぞ通すことありませんや」

茶屋を通すのは上客で、木戸銭を払って直に平土間《ひらどま》に詰め込まれるのは安い客である。町人の扮装でそれに混じれば、万にひとつも侍だとはわからない。

「いずれにせよ、芝居を観にくる客は、役者が目当てです。周りのことなんか、いちいち気にしておりませんよ」

結局、芝居を観たいという誘惑には勝てず、又兵衛は髷《まげ》を町人風に結い直し、着流しで袴は着けず、刀も差さず、日本橋の堺町まで行き、周囲をはばかりながら、忠臣蔵を見物した。

亀戸の宮地芝居も面白かったが、中村座の忠臣蔵は格段に優れており、又兵衛は感じ入った。

江戸で起こった赤穂義士の討ち入りは、芝居では『太平記』の世界となっていた。足利《あしかが》将軍に取り入り権勢を誇る高武蔵守師直《こうのむさしのかみもろなお》が、塩冶判官《えんやはんがん》の奥方に横恋慕して袖《そで》にされ、腹いせに判官にねちねちとあくどいいやがらせをする。卑劣にも殿中《でんちゅう》で刀を抜かせ、判官を死に追いやる。その無念を晴らすために、大星由良助《おおぼしゆらのすけ》をはじめとする家臣たちが、師直邸に討ち入り悪を成敗して勝どきをあげるのである。

なんと見事な、なんと勇ましいことか。芝居小屋の平土間で又兵衛は打ち震えた。

周囲で喝采《かっさい》をおくる客は又兵衛が武士とは気づかない様子で、見た目には商家の隠居が若い手代を供に芝居見物といった塩梅《あんばい》である。

「大殿様、よろしゅうございましたねえ」

「馬鹿者っ」

木戸を出たところで、又兵衛は三助を叱りつける。

「このような場で大殿などと呼んではならん。ご隠居と言え」

小声でそう指図する。

「あ」

あわてて三助は口を押さえる。

「今さら口を押さえてどうする」

「違いありません。ご隠居様。でも、ご隠居様も、もう少し柔らかい物言いをなさらねばお侍とばれてしまいますよ。へへへ」

「なにがへへへだ。口を慎《つつし》め」

それ以降、又兵衛は退屈すると、三助をお供に芝居を観に行くようになった。十一月の顔見世を皮切りに春、夏、秋と小屋を回る。最初のうちはなんでも観たが、心中《しんじゅう》ものなどは気に入らない。やはり芝居は男らしい仇討ちに限る。正義の武者がか弱い善人を助け、卑劣な悪人を成敗する。中でも人気の忠臣蔵は三座で繰《く》り返し上演されるので、その都度《つど》観に行く。

今年はまだどこの小屋も忠臣蔵を掛ける気配はない。が、市村座での春の曽我ものが当たって大入り、夏になっても続いている。

曽我兄弟も悪くないぞ。兄が曽我十郎祐成《すけなり》。弟が曽我五郎時致《ときむね》。敵の工藤祐経《くどうすけつね》は将軍頼朝《よりとも》に取り入り出世しているいやなやつ。富士の裾野の巻狩りで、兄弟は見事に祐経を討ち果たし、自らは武士として立派に死に臨《のぞ》む。士道とは死を恐れずに正義を全《まっと》うすることだ。

五月雨《さみだれ》の季節が過ぎると、もう真夏。毎日汗を流しに湯屋に行くが、そこで芝居好きの客が噂していた。市村座の五人男、中村座の助六《すけろく》、どちらも曽我兄弟を工夫しているが、ことに市村座がよいと。

秋には新作が控えているので、早く観に行かねば終わってしまう。そうなれば、後の祭りである。

「三助っ、おらんのか」

「へーい」

というわけで、朝から気が急《せ》くのは、今日のこの日に千秋楽《せんしゅうらく》の近づいた曽我兄弟の仇討ちを観んがためであった。

「今日は曽我の仇討ちじゃ。早う、早う」

「わかっております」

「ぐずぐずいたすな。髪も結い直さねば」

芝居見物の支度、大店のおかみさんやお嬢さんなら、着物がどうの髪がどうのと、夜も明けぬうちからきゃあきゃあ大騒ぎだろうが、又兵衛の支度は武士の身分を隠すための方便。髷を直し、着物を町人風にすればいい。三助もまた、武家の小者ではなくお店者《たなもの》のこしらえ。

「なにをしておる。もはや三立目《みたてめ》の始まる刻限であるぞ」

二

それにしてもなあ、と三助は思う。

人間、だれしも癖というものがあるけれど、大殿様の癖ばかりは、どうも変わっている。なにか一言、言いたくなるんだ。小言ってやつを。

ご本人は小言とは思っちゃいない。他人の誤りに気がついたら、教えるのが親切だと、こう言うんだな。大殿様はたしかに正しいよ。間違ったことはおっしゃらず、いつも筋は通っている。だが、その言い方が、まるで喧嘩をふっかけるように居丈高《いたけだか》で、すぐに相手を馬鹿呼ばわりする。

教えるというより叱っている。言われたほうじゃ、面白くない。むっとなる。けど、いかつい顔でぐっと睨まれると、引っ込んじまう。

俺なんざあ、慣れっこになって、なにを言われても平気だが、本所に移ってからも、女中は居つかないし、近所の連中は大殿様が往来を歩くと、避けるようにするよ。

小言又兵衛とはよくつけたあだ名だが、俺は嫌いじゃない。思ったことを口にする。五月《さつき》の鯉《こい》の吹き流しと同じで、はらわたがなくてさっぱりしてらあ。お旗本のくせに、まるで江戸っ子だね。歳《とし》をとると、だれでも多少は気が短くなり、愚痴《ぐち》が多くなるというけれど、今年五十におなりなさって、小言にも磨きがかかってきた。

その又兵衛が、どういう風の吹き回しか、亀戸の天神様の境内で小屋掛けの芝居を観て以来、たいそう芝居が気に入って、葺屋町に堺町、木挽町と三座の芝居を次々に何度も観るようになった。表向き、武家は芝居がご法度だから、町人の身なりで職人や小商人に紛れていつも一番安い平土間の席である。

武芸が廃《すた》れて遊芸が喜ばれる世の中。武芸百般の又兵衛が町人の恰好《かっこう》で遊芸の芝居に入り浸《びた》りとは、奇妙きてれつとも言える。

又兵衛が好きなのは英雄豪傑が悪を退治する狂言で、近松《ちかまつ》の心中ものなどは好まない。三月の中村座で、お初徳兵衛《はつとくべえ》、梅川忠兵衛《うめかわちゆうべえ》、三勝半七《さんかつはんしち》の三つの道行《みちゆき》を組み合わせた新作を興行し、お初と梅川と三勝を富十郎《とみじゆうろう》が早変わりで演じたが、又兵衛はまるで興味を示さなかった。

そもそも女形《おんながた》が好きではない。男の役者が美女を演じるのは気色《きしよく》悪いと言い、先日もせっかく木挽町まで足を伸ばしたのに、森田座の『道成寺《どうじようじ》』で高いびきだった。上方で人気の女形、嵐和歌野《あらしわかの》もあれでは形無しである。

今度の市村座、曽我兄弟の『五人男狩場門出《ごにんおとこかりばのかどいで》』がたいそう評判になっており、湯屋でも噂されている。なにしろ、曽我兄弟に景清《かげきよ》と鬼王《おにおう》など三人の荒武者が加わって五人男の仇討ちという趣向なのだ。これほど勇ましいものはない。早く行かねば、千秋楽ももうすぐというわけで、仇討ち好きの又兵衛は朝からそわそわしていた。

ただ、芝居見物を始めてからも、気に入らないと相手かまわず小言を言う癖は変わらないが、もとより三助はお供で好きな芝居をたっぷりご相伴《しようばん》でき、うれしくて仕方がないのである。

「なにをしておる。早くいたせ」

支度を整え、ふたりそろって往来へ出る。目指すは日本橋葺屋町である。

と、町内で天秤棒《てんびんぼう》を下ろして鰹《かつお》をさばいている魚屋に目が行く。

「おい、魚屋」

又兵衛はなにを思ったか、急に足を止め、魚屋に声をかけた。

うわあ、また悪い癖が始まるぞ。だめですよ大殿様、急いでるんでしょ。

内心、三助は気をもむ。

「へーい旦那、いかがです。今日は活《い》きのいい鰹が入ってますぜ。江戸っ子は初鰹を食いたがるが、鰹ってのは今頃の時節が一番うまいんでさあ」

魚屋は商家の主人風の又兵衛を上客と見て愛想笑いした。

「そんなことは聞いておらん」

「へ？　なにか御用で」

訝《いぶか》しげに問う魚屋を、又兵衛はさも苦々《にがにが》しく睨みつける。

「貴様、往来に魚のはらわたを捨てておるな」

「えっ、それがなにか」

「そのようなもの、放置いたすでないわ」

身なりは町人だが、妙に威張りくさったものいいをする。喧嘩を売る気かと、魚屋も睨み返す。

「この野郎。なに言ってやがる。客かと思えば偉そうに。ここは天下の往来だい。なにを捨てようと俺の勝手だ。それともなにか、ここはてめえの庭か。てめえ、ここらの氏神様か」

「たわけがっ。天下の往来なればこそ、申しておる。魚のはらわたに野良猫や野良犬がよりつく。この時節であるぞ、心せよ。虫がわいて人が迷惑いたす。早々にはらわたを取り片づけて、立ち去るがよい」

鋭い眼光で睨みつけると、もはや勝負にならない。

「ちぇっ、いやなじじいめ。こんな町内、二度と来てやるもんか」

魚屋はすごすごと逃げ去る。

「馬鹿めっ、はらわたをそのままにいたすなっ」

「大殿様、だめですよ。そんな魚屋なんぞに掛かり合ってちゃいけません。そろそろ三立目の始まる刻限」

「うむ、そうじゃな。三助、急げ」

本所の柳島町から日本橋の葺屋町まではおよそ一里（四キロメートル）である。霊《れい》山寺《ざんじ》の先、横川《よこかわ》を渡ったところで、川沿いの町場を南に進み、入江町《いりえちょう》で西に折れて、御家人屋敷のあたりをぐんぐんと進み、回向院《えこういん》の先で両国橋を渡れば広小路《ひろこうじ》である。

身なりは町人だが、威風堂々と歩く又兵衛の姿はまるで豪傑だ。しかも、足がひときわ速く、この時節でも汗ひとつかかないとは、武芸で鍛えている人はさすがに違う、と三助は感じ入った。汗びっしょりの三助は追いつくのがやっとという体《てい》である。

広小路から先は脇目もふらず、本町に続く大通りを横山町《よこやまちょう》、通塩町《とおりしおちょう》、通油町《とおりあぶらちょう》、通旅籠町《とおりはたごちょう》と進んで、小伝馬町《こでんまちょう》の手前を南に折れてしばらく行くと、徐々にあたりが賑やかになってくる。

俗にいう人形町通りだ。その西に面しているのが、江戸三座のうちのふたつ、中村座と市村座のある堺町と葺屋町である。

界隈には芝居茶屋、絵草紙屋、土産物《みやげもの》屋が軒を並べ、人形芝居の小屋や落とし噺《ばなし》の寄席、軍談の講釈場もあり、芝居見物の客だけでなく、物見遊山《ものみゆさん》に来る者も多い。

この近くの橘町で生まれ育った三助は胸を躍らせる。

いいなあ、芝居町は。今日もたいそうな人出だねえ。人波をこうしてすいすいとかきわけながら歩くなんて、こたえられない。日頃は人よりも野良犬のほうが多い本所の外れに燻《くすぶ》っているから、古巣へ来ると、ああ、活き返ったようだ。

堺町の中村座には色とりどりの幟《のぼり》がはためき、助六《すけろく》の大きな絵看板が目に眩《まぶ》しいほどである。木戸番が客を呼び込んでいる。

団十郎《だんじゅうろう》の助六、宗十郎《そうじゅうろう》の髭の意久《いきゅう》、喜代三郎《きよさぶろう》の揚巻《あげまき》と惚れ惚れする看板だが、市村座の五人男が大当たりで、かなり割りを食っている様子である。同じ曽我ものでも、花川戸《はなかわど》の助六、実は曽我五郎時致というのはこじつけが過ぎるのかもしれない。でも成田《なりた》屋、やっぱりいいねえ。喜代三の揚巻、きれいだろうなあ。観たいけど、大殿様は女形は嫌いだし、と思いを馳《は》せる。

「おい、三助、ぼやぼやするでない。急げ」

早くしないと、大入りの場合は札止めで入れないこともある。往来の人混みの中、汗を拭き拭き、速足で市村座をめざす。

と、そのとき、女の悲鳴が上がった。

「どなたか、どなたか。お助けくださりませ」

切羽詰《せっぱつ》まった女の声が聞こえる。

芝居町は町人を楽しませると同時に、本来悪所《あくしょ》である。両国や浅草の盛り場と同じく、人混みに紛れて懐《ふところ》を狙う掏摸《すり》や、弱い者いじめのゆすりたかりが横行し、真っ昼間から酔って暴れる者、喧嘩する者も絶えない場所である。

声のほうに近づいて行くと、往来が黒山の人だかりになっていた。

十重二十重《とえはたえ》に囲んで、なにかを見ている様子だ。又兵衛は人だかりをかきわけ、ずいっと覗き込む。

おお、これは。

すらりとした美女に又兵衛は目を奪われた。身なり髪型から武家の若い娘と知れる。

それを後ろから羽交《はが》い絞めに抱いているのが、六尺（一八二センチ）はあろうかという荒くれ男だった。派手な着物をはだけて、筋骨隆々赤銅色《しゃくどういろ》の胸板をこれ見よがしに誇示している。月代《さかやき》が伸びているのは、近在の博徒《ばくと》かごろつき、遊び人の類《たぐい》であろう。太い眉毛に濁《にご》った目、広がった鼻、鬼のような悪相に下卑た笑いを浮かべている。

芝居町の往来では、しばしば新作のお披露目《ひろめ》にこのような余興を演じることがある。大江山《おおえやま》の鬼が公家《くげ》の姫を手込めにする場面などがそれである。

「なにをいたす。どなたか、どなたかお助けを」

蒼白の美女が顔を歪《ゆが》めて懇願するも、周囲の群衆はひたすら息を飲んで見つめるばかり。すぐ横では若い武士が地べたに倒れ、それを四人の暴漢が顔といわず腹といわず、全身をかまわずに踏んだり蹴《け》ったりしている。

武士は倒れたまま、腰の刀に手も触れず、身動きもできない様子だ。

「おう、もうそのへんでいいやな」

赤銅色の大男が言うと、若侍を踏みつけ、蹴りとばしていた四人の男がにやりと頷く。

「あにき、こいつはもうくたばったかもしれねえな」

どの男も醜悪な人間離れした面体《めんてい》だが、小太りの猪面《いのししづら》が若侍の顔にぺっと唾《つば》を吐きかける。

「動かねえぜ」

「そうかい。じゃあ、しょうがねえ。代わりにこのお嬢さんに詫びを入れてもらおうか。へへ、ちょいと近くにいい家があるから、そこで俺たちの酒の相手をしな。五人で心ゆくまでたっぷり可愛がってやるぜ」

「小太郎《こたろう》、小太郎」

武家娘は若侍に呼びかけるが、びくともしない。

「もう、息はねえよ。なあ、お嬢さん。おめえも痛いめにあいたくなかったら、おとなしく来るんだ」

赤銅色の鬼のような遊び人が娘の手を引いて、周囲の群衆を睨み、怒鳴りつける。

「てめえら、見世もんじゃねえぞ。とっとと失せやがれ」

どうやら、芝居の座興ではなさそうだ。

又兵衛はすっと男たちの前に進み出た。

ああ、大殿様、どうするんですよう、と三助ははらはらする。

遠巻きにしていた野次馬たちが見物はもうおしまいと、散り散りに離れようとした矢先、人の輪が再び縮まる。

「おいおい、見てみなよ。変なおやじがのこのこ出てきたぜ」

「ははあ、女が別嬪《べっぴん》だから、掛け合ってなんとかしようってのかな」

「いい歳して、幡随院《ばんずいいん》長兵衛《ちょうべえ》を気取ってやがる」

「そいつは大胆な。相手は鬼のような荒くれどもだ。これから女をどこぞに連れ込んでよろしくやろうってうずうずしてるのに、邪魔なんぞすれば、ただじゃすむめえ」

「あの若いの同様、おやじ、半殺しにされるんじゃねえか」

「半殺しどころか、ぼこぼこにされて、命はねえな」

「わあ、見ちゃいられねえ」

「そういいながら、おめえ、やけに身を乗り出してるじゃねえか」

赤銅色の大男が又兵衛にすごむ。

「おう、なんだ、てめえは」

又兵衛は無言で男の前に立ちふさがる。

「文句でもあるのかよ。怪我《けが》しねえうちに、とっとと消えな。じじい」

その言葉が言い終わらぬうちに、又兵衛は素早く男に駆け寄り、腕をとってねじあげる。

「うっ」

その隙《すき》に、さっと娘は男から離れる。

ごきっと男の利き腕が鈍い音をたてた。

「いて、いて、いてえよう」

折れたか外れたか、腕を押さえる男のはだけた赤銅色のみぞおちに、又兵衛の拳《こぶし》がぐっと突き入れられた。

「うげっ」

大男は泡《あわ》を吹いてその場に崩れた。

「うわああ、やったぜえ」

「強いねえ」

「幡随院長兵衛、お見事」

周囲の見物が歓声をあげる。

「なんだい。どうなってるんだ」

「おめえ、身を乗り出しながら、ちゃんと見てねえのかよ。おやじが大男をやっつけたんだ」

「しまった。あまりの早業《はやわざ》で、見損ねた」

一瞬のことに呆然としていた四人のならず者。

「あにきっ」、
兄貴分がやられたので、小太りの猪面が懐から匕首《あいくち》を抜くと、よほど喧嘩慣れしているのだろう、

「くらえっ」

目にもとまらぬ早さで、又兵衛の胸に突き出した。

ひええ、三助は思わず目をおおい、群衆もどよめいた。

が、次の瞬間には又兵衛、するりと身をかわし、前のめりになる男の背を蹴っていた。男はそのまま醜い猪面を路上の天水桶にぶつけてうずくまる。

「こいつはすげえ」

「やるじゃねえか」

「おやじ、負けるなよう」

「日本一」

「え、どうなったの」

「おめえ、また見損ねたのか」

「怖くて、目えつぶっちまった」

このあたりの野次馬は芝居町だけあって、まるで芝居の名場面でも観るようにどよめき、声が飛ぶ。

「野郎、味な真似しやがって」

残るは三人。そろって匕首を抜き放ち、三方からじわじわと又兵衛に迫る。どいつも下劣なけだもの面《づら》で人を殺すのをなんとも思っていない。

又兵衛は呼吸を整え、間合いをはかる。右の男はさしずめ小柄で黄色い歯を剝《む》き出した猿だ。左の男は吊り上がった細い狐目。真ん中はぬるぬると邪《よこしま》な蛇のようだ。

さっと匕首を突き出す猿男を、又兵衛は素早くその手を取って、左のほうへと押しやる。

猿は左にいた狐目の腿《もも》のあたりによろけて、そのままぶすりと匕首を突き刺した。

「ぎゃあ」

仲間に腿を刺された狐目は、血の噴《ふ》きだす腿を押さえる。

又兵衛はふりかえる猿の顔面をはたき、顎《あご》に拳の一撃を加える。猿は喉《のど》を押さえてばたりと倒れる。腿を押さえながら、中腰でなおも匕首を無闇に振り回す狐目を、又兵衛が蹴り上げると、狐目はうめいて転げまわる。

周囲の群衆はやんやの喝采《かっさい》である。

「すごいね、どうも」

「どいつもこいつもただの一撃でやられちまった」

「こいつは助六より面白いぜ」

「いよう、たっぷり」

残るはひとり、蛇のようにぬめぬめ邪悪な人相。が、形勢不利と見て、背中を見せて自分だけ逃げようとする。又兵衛は逃がしてなるものかと、さっと追いつき、後ろから首を絞めあげて、そのまま宙に投げ飛ばす。地面に腰をしたたかに叩きつけられる蛇男。

「やったあ」

「成田屋っ」

掛け声があがった。

五人のならず者はよろよろと立ち上がると、

「ちくしょう、覚えてやがれ」

それぞれが腕を押さえ、血のでる腿を引きずり、頭を抱え、腰をさすりして捨てぜりふを吐いた。

「覚えておこう」

又兵衛が男たちの背に向かって言う。

「うぬらの卑《いや》しい面《つら》はひとりひとり、ようくこの目に焼き付けたぞ。今日のところは勘弁してやるが、再びわしの前に現れたときは容赦せん。命はないと思え」

ほうほうのていで逃げ去る男たちの背に群衆から石が投げられた。

「わあい、二度と来るなよ」

「町のダニめ」

われもわれもと石礫《いしつぶて》が飛び、男たちは頭から血を流して逃げて行く。

又兵衛の胸の内にぐらぐらと怒りが煮えたぎった。

「馬鹿者どもめっ」

周囲の群衆に向かって、又兵衛は大音声《だいおんじょう》を発した。

「貴様ら、今になって、あの者どもに礫を投げるとは、どういう所存じゃ。相手はたった五人の無法者。それをこれだけの大人数で取り囲み、なにゆえ黙って見ておったのか。貴様らで取り押さえればよかろうが。それを、相手が逃げ出したとたんに石礫とは卑怯《ひきよう》千万。見下げ果てた者どもめ。貴様らもあの無法者と同罪じゃ」

しーんと静まりかえった群衆。

「なんだい、あのじじい。ちょいと強いと思って偉そうに」

「ほんとだよな。見下げ果てた者どもよだって。あのせりふは三文《さんもん》芝居か」

「おまえ、さっき、成田屋って声かけたろう」

「うん、損しちゃった」

「帰ろ、帰ろ」

野次馬たちは鼻白《はなじろ》んで散り散りに去っていく。

「ご隠居様っ」

三助が駆け寄る。

「驚きましたよう。こんなのはじめてだ。口ばっかりと思ったら、ほんとに手もお強い」

「余計なことを申すな」

武家娘は又兵衛の前に頭を下げる。

「危ないところをお救いくだされ、まことにかたじけのう存じまする」

「うむ、それより、そちらの若いお方は大事ないか」

「はい」

娘は若侍の体をゆする。

「これ、小太郎、しっかりするのじゃ」

又兵衛もかがんで若侍に手をあてる。

「気を失っておるだけだ。が、手ひどうにやられたな」

そこへ通りの向こうから駆けてくる者があった。

「どうしたっ」

歳の頃は二十五、六で、目鼻立ちのはっきりした男。尻端折《しりはしょ》りに黒い股引《ももひき》、帯には房のない十手《じって》が差し込んである。

「おまえさんたち、いったい、なにがあった」

見るからに町方《まちかた》の手先という風貌《ふうぼう》で、まだ若いが御用聞きに違いない。倒れている若侍に一瞥《いちべつ》をくれ、十手を抜いて又兵衛に突き出す。

「てめえがやったのか」

「馬鹿を申せ」

又兵衛は睨み返す。

「じゃあ、いったい」

「そなた、町方の御用聞きか」

武家娘に言われて、御用聞きは素直にへりくだる。

「へい、このあたりを回っております友蔵《ともぞう》と申します。どういうわけでございます」

「ここに倒れているのはわたくしの弟」

友蔵はしゃがみこんで、若侍を調べる。

「あ、こいつはひでえや。しっかりしなせえ」

が、若侍は気を失ったままぴくりとも動かない。

「なにがあったんです」

「はい、弟とふたりで往来を歩いておりますと、五人の町人が道をふさぎます。右へ行こうとすると右へ、左へ行こうとすると左へ。無理に行こうとしたところ、肩がぶつかり、弟が思わず無礼者と」

「はあ、たちの悪いのに目をつけられなさいましたね。あなた、別嬪《べっぴん》だから」

「こりゃ、なにを申す」

横から又兵衛が叱りつける。

「人にぶつかって無礼とはどっちが無礼だと、弟を打擲《ちょうちゃく》したのです」

「で、やられたわけですね。そいつらはどこへ」

「はい、このお方が五人のならず者をあっという間に叩き伏せてくださいました」

「なんですって」

友蔵は目を見張る。

「難儀を救ってくだされたのです」

「へえ、そうだったんですかい。それはどうもお見それいたしました」

友蔵は又兵衛に一礼する。

「で、あなた、どちら様で」

じろっと友蔵を睨む又兵衛。

「それを聞いて、いかがいたす」

「へい、これもお役目のうちでございます」

「馬鹿者。町方の手先でありながら、どうしてあのような無法者を野放しにしておくのじゃ。さっさと捕らえて牢に入れるがよかろう」

なんだい、このおやじは。大店の主人のようだが、やけに威張ってやがる。ごろつきをあっという間に叩き伏せたというのがほんとうなら、いわくがありそうだぜと思った友蔵は、十手をちらつかせながら言う。

「旦那、そこはひとつ、まげていただき、なんなら番屋へ」

「番屋だと。貴様、わしを咎人《とがにん》扱いするか」

「いえいえ、そういうわけじゃ。弱ったな、どうも」

ずっと黙っていた三助が、

「あ、おまえ、ひょっとして」

いきなり素《す》っ頓狂《とんきょう》な声をあげ、まじまじと友蔵の顔をのぞきこむ。

「友ちゃんじゃねえかい」

「なにをっ」

まだ若いが、友蔵は八丁堀《はっちょうぼり》の旦那から手札をもらい、今では親分と立てられている。それを馴れ馴れしく、友ちゃんと声をかけられ、

「てめえはだれだ」

とすごんで見せた。

「俺だよ、俺。三助だよ」

「えっ」

友蔵はじっと三助を見つめる。

「おまえ、三ちゃんかい」

「そうだよ」

「あの、橘町の裏店にいた」

「うん」

「うわあ、久しぶりだなあ。そのへらへらしたへちま顔、たしかに三ちゃんだ。なつかしいよ」

「へらへらしたへちま顔は余計だい」

「それにしても、立派なお店者になりやがって。俺ぁ、見違えたぜ」

「俺も見違えた。おまえが十手持ちの親分かい」

「まだまだ、駆け出しだ」

「けど、驚いたなあ。おまえ、てっきりおとっつぁんのあと継いで、芝居者になるかと思ってたぜ。餓鬼《がき》の頃からいい男だったから、役者が向いてると」

「よせやい。親父はずっと前に死んで、俺は芝居は性《しょう》に合わねえ。木戸番のせがれが役者になったって、一生下回りだ」

「そうでもねえよ。下回りから名題《なだい》になる役者だっているぜ」

「はは、俺は無理だよ。それで、捕物が好きだったから」

「おい、おまえたち、いつまでべらべらしゃべっておる」

友蔵は又兵衛をちらっと見る。

「じゃ、こちらの旦那がおまえのご主人」

「うん、大殿、いや、俺が奉公しているお店《たな》のご隠居様だ」

「へえ、そうですかい。こいつはどうも」

「うむ、そのほう、三助の知り人であるか」

「はい、幼馴染で友蔵と申します」

「わしは又兵衛じゃ。見知りおけ」

「又兵衛さん。はい、よろしゅうお願いいたします」

「番屋になど、行かぬぞ」

「ええ、そりゃもう。へへ、失礼いたしました」

「こりゃ、友蔵とやら」

「はい」

「この若い武家はずっと動かぬが、このまま捨ておけぬ。まだ息はある。近くに医者はおらぬか」

　友蔵は大きく頷く。

「はあ、わかりました。ええ、なんとかいたしましょう」

三

近くの商家に掛け合った御用聞きの友蔵は、戸板と職人の手を借りて半死半生の若侍を戸板に載せ、高砂町《たかさごちょう》の裏道へと運ぶ。

戸板には武家娘が従い、行きがかり上、又兵衛と三助も同行する。

裏通りだが、長屋ではなくて一軒の仕舞屋《しもたや》。

「ここですよ。榎本良庵《えのもとりょうあん》先生といって、長崎《ながさき》帰りで腕はいいが、どういうわけかあんまり流行《はや》らない」

戸を開けて、友蔵が声をかける。

「先生、いますか」

「おお、友蔵親分か」

奥から声がする。

「怪我人を早く運び入れろ」

戸板を入口に入れると、医者の榎本良庵がぬっと顔を出す。

歳は三十を過ぎたあたり、瘦《や》せてひょろっと背が高く、総髪《そうはつ》を後ろで束ね、面長《おもなが》の顔は青白い。

「あれっ」

友蔵が首を傾げる。

「先生、あたしはまだなんにも言っちゃいませんぜ。どうして怪我人だってわかったんです」

これには又兵衛も三助も不審に思う。なぜであろう。

「なあに。ここは医者の家《うち》だ。そこへあわてて飛び込んでくるのは病人か怪我人に決まってる。おまえの稼業《かぎょう》はなんだい。御用聞きだろう。持ち場はそこの芝居町。六月になって、芝居町は賑わってるよ。お上の御用を務めるおまえがあわてて駆け込んでくれば、まあ、なにか騒ぎがあって、怪我人が出たとみて十中八九間違いあるまい」

なるほど、言われてみれば、不思議はない。

入口を入ると、黒光りする板の間。その一角に一畳の畳が敷いてある。

良庵は白い布を手早く畳に敷く。

「さ、怪我人をここへ移せ」

怪我人を戸板から移すと、職人たちは帰って行くが、姉である武家娘と御用聞きの友蔵がその場に残った。

「じゃあ、大殿」

「こらっ」

「あ、ご隠居様。わたくしたちも、戻りましょう。もう、見せ場は済んでるかなあ」

三助がそっと囁《ささや》く。

「それはこの次でよい」

又兵衛はなにか考えている様子である。

「えっ、どうなさるんです」

「事《こと》の成り行きを見たくはないか。袖すり合うも他生《たしょう》の縁とか申す。おまえもせっかく幼馴染に出会ったのだ。いましばらく留まろうぞ」

「さようでございますね」

なるほど、芝居よりもこっちが面白そうだ。

良庵は若武者の袴をするするっと脱がせ、着物の前をはだける。

「こいつはまともな喧嘩じゃあるまい。こっちはまるで手出しせず、しかも相手は大人数だ。よってたかってやられたな」

まだ友蔵がなにも言わないうちから、良庵はそこまで察する。

「わかりますか」

「うん、転んだ傷でもなければ、梯子《はしご》から足を踏み外して落ちたのでもない。顔と腹を拳で殴られ、倒れたところを雪駄《せった》で蹴られ、踏まれているようだ」

みぞおちのあたりをぐっと押すと、

「うっ」

若侍が息を吹き返した。

「小太郎」

武家娘が駆け寄る。

「姉上。ここは。いったいなにが」

「覚えておらぬか」

「ううっ」

痛みに顔をしかめる若侍。その顔に良庵は手をかざす。

「目も口も痣《あざ》だらけだが、ものは見えるようだな」

「はい、あなたは」

「このお方はお医師の良庵先生です」

「口が腫《は》れてる。あんまりしゃべらないほうがいい」

良庵は体のあちこちを触って、反応を見る。

「骨は折れちゃいない。が、手ひどく腹を蹴られている。臓腑はどうかな」

良庵が若侍の腹を軽くたたく。

「うっ」

「大丈夫だ。破れてはいないな。若いから、二、三日、養生《ようじょう》すればよくなるよ」

「あの」

娘が申し訳なさそうに切り出す。

「ああ、薬料のことなら心配いらん。おまえさん、別嬪だから、出世払いでいい」

なにを言うか、と思わず乗り出そうとする又兵衛を三助が制する。

「ご隠居様、どうかお静かに」

良庵は用意した水で傷口を拭き、薬を塗りながら友蔵に声をかけた。

「おい、親分。そっちの掛布《かけふ》をとってくれ。場所はわかるな」

「へい」

友蔵から受け取った掛布を若侍に掛ける。

「もう心配はいらん。しばらく休むがいい」

良庵はちらっと又兵衛を見る。

「それにしても、そちらのご隠居さん。あなた、相当にお強いですな」

「なにっ」

「たったひとりで、数人のごろつきを相手に立ち回ったんですな。それも、刃物を持った連中を素手《すで》で退治するとは」

驚く又兵衛。

「見ておったのか」

「いえ、見なくとも、それぐらいはわかりますよ」

これには一同が驚いた。

「なにゆえ、わしが男どもを退散させたと思うのだ」

「わたしは流行りませんが、これでも蘭方医《らんぽうい》。蘭学を学んだのです」

「蘭学」

「ご存じですか」

「異国の学問じゃな」

「はい。その蘭学によって、あなたが強いこと、ならず者をやっつけたことが推察できます」

「その場におらず、見もしなかったことが、見たようにわかる。蘭学とは千里眼《せんりがん》か、南蛮《なんばん》の妖術か」

「はっはは、恐れ入ったな」

　良庵は笑う。

「たしかに世間では、まだまだ蘭学は分《ぶ》が悪い。私は医者だから、病人や怪我人を治すのが仕事です。蘭方医術の第一の手法は、物事をようく見極めること。医者にはこれがなにより肝心なんですよ」

　と言って若侍を指す。

「たとえば、今運ばれてきたこの人を見て、どこがどう悪いのか。どう療治すればいいのか。すぐに判断しなければなりませんが、なまじ下手《へた》な勘《かん》などに頼って、当てずっぽうだと、ひとつ誤れば患者は命を落とすことになる。今までのいろんな積み重ねを考慮して理詰めで考える。そして答を導く。それが蘭学です」

　良庵は若侍の腕を押す。

「うっ」

「骨は折れていないが、相当にひどい打ち身だとわかる」

　若侍は苦しそうに腕を押さえる。

「この修行を積めば、患者をどう扱えばいいのか、自ずと知れる。その蘭方の考え方から、あなたがならず者を退治したことがわかるのですよ」

「なにゆえに」

「それは、まず、あなたがなぜ、ここにいるかを考えればいい」

「えっ」

「ただの通りすがりの野次馬でもなし。また、先ほどからの様子では、この怪我人の縁者でもない。こっちのお嬢さんは怪我人の姉だ。友蔵は御用聞きだ。だからここにいるわけだが、では、なぜあなたがここにいるのか」

「うむ」

「近頃、芝居町じゃ、柄《がら》の悪いのがうろうろしている。大方《おおかた》、このふたりは難癖《なんくせ》をつけられた。ごろつきは別嬪を見ると、悪さをしようとします。弟を痛い目にあわせ、姉を連れ去って手込めにしようとでもしたのでしょう。よくあることだ」

「そんなことがよくあってたまるか」

又兵衛は吐き捨てる。

「たしかに、いやな時世です。が、弟がやられているのに、姉は連れ去られずにここにいる。それはだれかが途中で助けに入ったに相違ない。御用聞きの友蔵親分が駆けつけてごろつきを追い散らした、ということも考えられるが、近頃のごろつきはお上《かみ》をちっとも恐れず、十手を見せても悪行三昧《あくぎょうざんまい》。腕っぷしからいうと、親分はそんな何人もの悪党をひとりで退散させる器量はありません」

「先生、そいつはひでえや」

友蔵は口をとがらせる。

「では、だれが助けたのか。あなたの着物はさほど汚れておらず、ただ、たった一か所、裾《すそ》に血がついている」

「えっ」

又兵衛は自分の着物の裾を見る。

「おお、たしかに」

「まだ新しい血だ。おそらくはごろつきどもが刃物を振り回したでしょう。あなたはそれをうまくかわした。そのごろつきは不覚にも自分で自分を傷つけ、その際にあなたの裾に血が飛んだ」

「うーん。まるで見てきたようじゃな」

「見なくたって、わかりますよ。で、あなたは、自分が助けた若い侍がどれほどの痛手を受けているか、それが気になって、ここへついてこられたのでしょう。おまけに、このお嬢さんは別嬪だし」

「馬鹿を申せ」

が、言われてみれば、いちいちもっとも。若侍の怪我の様子、又兵衛がここにいる状況、着物の裾についた血、それらから又兵衛が暴漢を退治したことまで推《お》し量り、言い当てるとは。理路整然とした絵解きに又兵衛は舌を巻いた。

「千里眼かと思うたが、なるほど、理に叶《かの》うておる。それが蘭学か」

「世の中には千里眼も妖術もありません。それに、この考えをさらに応用すれば、他にもわかることがいろいろとありますよ」

良庵はじっと又兵衛を観察する。

「ふふ、ご隠居さん。あなたはそんななりをしているが、実はお侍だ」

「なにっ」

「それもかなり身分が高い。直参旗本かな。しかも今は隠居なさっておいでです。そして、なによりも」

良庵はにやりとした。

「芝居がお好き。そうではありませんか」

これには一同も驚愕《きょうがく》し、又兵衛に視線が集まる。

「そのほう、わしを存じているわけではあるまい」

「もちろん、今日、初めてお目にかかりました」

「では、その根拠は。わしのどこが旗本の隠居なのだ。わしがなにゆえ芝居好きなのだ。蘭学でどうしてそこまでわかる」

「あなたが武士だということは、蘭学を使わなくたって、だれでもすぐにわかりますよ。その大きな態度、武張った物腰、偉そうな言葉遣い」

一同、顔を見合わせ、大きく頷く。

「しかも、武芸に通じておられる。素手で刃物を持ったごろつきどもを難なく叩き伏せられた。若い頃から相当に修行した武士でなければ、そうはいかない」

「だが、隠居した旗本とは」

「武士とまではわかりましたが、そのご身分まではちょっとわからない。でも、わたしはこれで耳がいい。さきほど、ちらっと聞こえたんですよ。そちらの若い人が、あなたを大殿と呼びかけ、注意されていた」

三助が首筋を撫《な》でる。

「へへ、こいつは抜かった」

「殿様と呼ばれるのは大名か旗本、その隠居ならば大殿ですよね。お見受けしたところ、お大名には見えません。直参旗本に相違ありませんか」

驚き呆れた又兵衛は素直に兜《かぶと》を脱いだ。

「それが蘭学であるか。感服いたしたぞ。いかにも拙者《せっしゃ》、直参旗本、元御書院番の石倉又兵衛と申す」

武家娘も御用聞きの友蔵も目を瞠《みは》り、若侍もあわてて半身を起こして座りなおす。

「ほう、立派なご身分ですな。わたしは榎本良庵、長崎帰りの流行らない、ただの町医者です」

「だが、わしが芝居好きとはいかなるわけか。武士が芝居を観るはご定法を犯すことになるぞ」

「だからこそ思ったんですよ。もちろんご定法とはいえ、今どき二本差して芝居町に現れ、刀を茶屋に預けて見物する武士はいくらもいます。が、あなたは生来生真面目《きまじめ》なお方だから法は破れない。でも芝居は観たい。そこで、そんな町人のなりをして芝居を観に来られたのでしょう。態度や言葉はお武家丸出しですがね」

「うーん」

又兵衛は友蔵に目をやる。

「友蔵」

「は、はい」

「そのほう、町方の手先であったな」

「さようでございます。ええっと、大殿様」

「馬鹿、隠居でよい」

「はあ、では、ご隠居様」

「ここで今聞いたこと、他言無用《たごんむよう》じゃ。たしかに武士の中には芝居好きも多くいようが、堂々と茶屋を通して芝居を観るなど風紀の乱れ。が、わしはどうも芝居が観とうてならぬ。このこと、表沙汰となっては家名に瑕《きず》がつき、よくて閉門、悪くて死罪。武士の情けじゃ。内密に頼むぞ」

「ははあ、決して他言はいたしません」

成り行きを驚きながら聞いていた武家娘が、又兵衛の前に進み出て、深々と頭を下げる。

「これは、これは、ご身分も存じませず、失礼いたしました。これ、小太郎、そなたもいっしょに礼を」

「はい、姉上」

若侍はその場で深々と辞儀をする。

「わたくしと弟の危難をお救いくだされ、心より御礼《おんれい》を申し上げます。実はわたくしこと」

「あいや、待たれよ」

又兵衛は名乗ろうとする武家娘を制し、ぐっと良庵に目を向ける。

「では、いかがでござろう。良庵殿。お得意の蘭学で、このお女中の素性、とくと推察なされては」

良庵は総髪の頭を掻きながら笑った。

「これは弱ったなあ。難題です。蘭方は先ほどより申す通り、千里眼ではありませんから。石倉様」

「隠居でよい」

「では、ご隠居様。あなたは一挙手一投足、まるで本を読むように、とてもわかりやすかったが、この方はちょっと」

「そうか。蘭学でもわからぬか」

良庵にじっと見られて、武家娘は恥じらいでうつむく。

「身分は武家のようだが」

「それぐらいは見ただけで、わしにもわかる」

「直参ではなく、陪臣《ばいしん》。いや、身なりは整ってはいるが、浪人のように見える。ここ一年の内に、国元を離れ、江戸に出てこられたな。だれか尋《たず》ね人でもあるようだ。そして、気の毒だが、暮らしは楽ではない」

武家娘はきっと良庵を見据える。

「なにゆえにそう申されます」

「間違っていたら、お許しください。近頃では、武家の暮らしはみなみな楽ではないと聞いています。遊芸に興じる旗本はまだしも」

そう言って又兵衛を見る。

「同じ直参でも御家人などは相当に苦しく、内職にあけくれる者もたくさん知っています」

又兵衛は苦々しい顔をして、

「うむ。だが、国元を出て一年以内とは」

と挑むように良庵に真意をただした。

「盛り場でごろつきに絡まれるのは、たいてい田舎から出て間もないからで、一年もすれば江戸には慣れる」

「浪人とは」

「直参でないならば、諸藩の藩士。が、それなら藩邸に住むはずだ。しかし、そうは思えない。なぜなら、弟御《おとうとご》の脇差《わきざし》、あまりに軽い。竹光《たけみつ》でしょう」

娘はうつむく。

「江戸屋敷に居住する藩士が竹光など帯びるはずがない。暮らしに困って手離されたのでしょう」

「姉上」

若侍は畳に両腕をつき、無念さに体を震わせる。

「尋ね人のわけは」

「人で賑わう芝居町へわざわざ出てこられた。おふたりのご様子から、決して芝居見物とも物見遊山とも思えない。そんな場所でごろつきに絡まれるのは、あたりをきょろきょろして、目をつけられたのでしょうよ。つまり、人混みでだれかを探し歩いておられた」

武家娘が良庵に深く頭を下げる。

「良庵先生、なにからなにまで、ご明察、恐れ入ります」

そして、又兵衛に向かって言葉を継ぐ。

「ならば、石倉様」

「隠居でよい」

「はい、ご隠居様、そして、良庵先生。わたくしの名は結城妙《ゆうきたえ》と申します。それに控えるは弟の小太郎。弟とふたり、昨年の秋に国元を離れ、江戸に参りました。ただいまは馬喰町《ばくろちょう》の宿に滞在し、細々とその日を送っておりますが、暮らしに困り、恥ずかしながら弟の脇差を質に入れました。江戸に参ったは、仰《おお》せの通り人を探すためでございます」

「人探しとな」

「はい、弟とふたりで、父を殺した敵《かたき》を尋ねております」

第二章 剣術修行

一

「敵《かたき》を求めて江戸へ。なんと、仇討《あだう》ちでござるか」

又兵衛は驚嘆の声をあげる。

「今どき、見上げたお心がけじゃ」

士道は廃《すた》れ、仇討ちなど、芝居の中だけと思うていたが、この現《うつつ》の世で、仇討ちを志す者に出会おうとは。まだまだ、世の中、捨てたものではないのう。

「お妙殿と申されたな」

「はい」

又兵衛は目を輝かせ、息をはずませる。

「お差し支えなくば、仔細をお聞かせ願いたい」

お妙はためらう。

「仔細でございますか。ですが、これは決して、ご隠居様のお気に召すような話とは思えませせぬ」

「いやいや、仇討ちは武士の誉《ほま》れ」

「このような話、お心が暗く翳《かげ》るに相違ありません」

「ぜひとも聞きたい」

大殿様、わあ、身を乗り出したよ。三助は内心、驚き呆れる。

又兵衛は隠居してからも、武士はこうあるべき、士道がどうのこうの、今時の若いもんはといつも口うるさい。近頃にわかに芝居好きになって、芝居の中の仇討ちに夢中だった。ところが目の前にほんものの仇討ちが現れ、興奮するのもわからないではないが。

でもなあ、と三助は溜息《ためいき》をつく。お嬢さん、いやがってるよ。芝居じゃないんだから。自分の父親が殺されたいきさつなんて、赤の他人にべらべらしゃべりたくないはずだ。それを大殿様、無理やりに聞き出そうなんて。気の毒に。

「さようでございますか」

お妙はうなずく。

「たってと仰《おお》せならば、否《いな》はございませぬ。ご隠居様、どうか、先生も、そちらの方々もお聞きなされてくださりませ」

居住まいを正すと、お妙は語り始めた。一同もまた、静かに耳を傾ける。

「わたくしどもの父、結城平右衛門《へいえもん》は駿河《するが》の国、安部《あべ》藩、松平但馬守《まつだいらたじまのかみ》に仕え、勘定方《かんじょうかた》を務めておりました」

「ほう、駿河の松平但馬守様といえば、親藩《しんぱん》じゃな」

「いえ、松平を名乗っておりますが、親藩ではなく」

「ははあ、では御連枝《ごれんし》か」

「いえ、親藩でも御連枝でもありません」

「では、譜代《ふだい》か」

俗に十八松平というが、御三家御連枝ならば、尾張《おわり》支流、紀伊支流、水戸《みと》支流。親藩ならば十数家。譜代もまた十数家。外様《とざま》の大大名も松平姓を賜《たまわ》り、大名以外にも万石を切る旗本の松平家がごろごろしている。

「はい。かつて宗家の臣下であったものが、徳川の世になり、大名として取り立てられたと聞き及びます」

「あ、済まぬ。話の腰を折ってしもうたわい」

ほんとだよ。三助はまた呆れる。大殿様、話を無理強《じ》いしておいて、いちいち合いの手なんて入れなくてもいいですよう。

「お続けなされよ」

お妙は一礼して語り始める。

「駿河安部藩松平家は二万石。風光明媚《ふうこうめいび》な土地柄なれど、これという特産もなく、家中一同、質素に暮らしておりまする。今を去ること五年前、わが父平右衛門は同役の谷垣玄蕃《たにがきげんば》という者より闇討ちに遭《あ》い、相果てました」

「なに、闇討ちとは卑怯《ひきょう》なり」

又兵衛は目を剝《む》く。

武士ならば、正々堂々と名乗りをあげて、立ち会うべきである。勝つか負けるか、生きるか死ぬか、それは天が決めたる定め。剣を交え、雌雄《しゆう》を決するのが武士であろうに、卑劣な闇討ちとは。武士の風上にも置けぬ見下げ果てた人殺しでしかない。

「父は生来温厚篤実で、幼時より数理に明るく、母の伯父《おじ》にあたります勘定方組頭《くみがしら》の高木左門《たかぎさもん》が算用の才を早くに見出し、勘定方に引き抜き、重用《ちょうよう》しておりました。父は武芸の腕は優れませぬが、藩の財務について微細に検討し進言したことで、その手腕を認められ、ご加増の上、勝手元取締《かってもとしまり》を命じられました」

「なるほど」

又兵衛は大きくうなずき、膝を叩く。

「わかった。武芸ができぬお父上が算用の才腕でご出世、組頭の縁故《えんこ》を依怙贔屓《えこひいき》と妬《ねた》み、有益な進言を出過ぎた功名と蔑《さげす》む。無能なくせに己《おの》が地位に執着する陰険な輩《やから》がお父上の暗殺を企んだのじゃな」

「いえ、まだ、話はこれからでございます」

そうですとも。三助は心の中でうなずく。いちいち口を挟みたくなるというのが大殿様のご気性。なにか言いたいのはわかりますけど、早まっちゃいけない。ここはもう少し、お嬢さんの話にゆっくりと耳を傾けてくださいな。

「またしても、相済まぬ。さ、お続けなされ」

「はい。その夜は、役目の上、ちと尋ねたきことが出来《しゅったい》したと、父は小者の喜助《きすけ》を従え、夜分ながら、谷垣玄蕃の長屋へ参りました」

「うむ」

「わが家は屋敷町にあり、玄蕃は陣屋の長屋に住んでおり、少し離れております。父の帰りがあまりに遅いので、母もわたくしも心配しておりましたところ、そこへ喜助が大声で叫びながら、戻ってまいりました」

「ほう」

「悪い予感を抱きながら問いまするると、泣きながら申します。玄蕃の長屋で父が長らく話しあっていた。自分は戸口に控えてじっと待っていた。どんな話かは知らぬが、やがて父が出てまいり、戸口で玄蕃に一言二言挨拶し長屋を出た。喜助が提灯《ちょうちん》を持って先に立ち、ふたりで帰る道すがら、月は細くとも、星は明るい。と、いきなり、後ろから忍び寄ってきた玄蕃、無言のまま背中から父に斬りつけたと申します」

「背中からとは、なんたる卑劣」

「声さえあげずに倒れる父。突然のことに驚いた喜助は、提灯を投げ捨て、大声で叫ぶと近隣の者が騒ぎ出し、おかげで自分は難を逃れ、家まで一目散《いちもくさん》に駆け戻ったと申します。気丈な母は斬られた父をそのままにしておくわけにはいかぬと、隣近所に助力を求め、喜助に案内させました」

「うーむ」

「事の次第はわかりませぬが、父を斬った玄蕃がその足でわたくしどもを襲うやもしれず、近隣の方々がすみやかに武装され、一手は家で弟と留守を固め、一手は喜助の案内で母とともに父が斬られた場所へと急ぎました。わたくしも母に寄り沿い、参りましたが。うっ」

お妙は言葉を詰まらせる。

「無念ながら、父は一太刀で絶命しておりました」

「さようか」

「近所の方々は、玄蕃を取り押さえんものと、長屋へ参りましたが、無人。いずこかへ逐電《ちくでん》したあとでございました」

「お父上はなにを話しに行かれたのであろうか。役目上で尋ねたいこととは」

「それはすぐに判明いたしました。自分が玄蕃を訪ねて事をただせば、身に禍《わざわい》が及ぶやもしれぬと、あらかじめしたためられた書状があったのです」

「ほう。それはいかなる」

「父は武芸はできませぬが、算用は得意。ゆえに先まで見越して書状を残したのです。その才覚こそが父にとっては仇となりました。お役目上、父は金銭の出入りに細かく目を通しております。領内で米屋を営む大和屋吉兵衛《やまとやきちべえ》と申す者に、陣屋の金方《きんかた》役所から再三、金子《きんす》を下げ渡している。勝手元取締として、このことに不審を抱き、遡《さかのぼ》って帳面を調べました。帳簿上はなんら間違いはないのですが、しかし、下げ渡すいわれがありません。帳尻《ちょうじり》は合っているのに、勘定が合わぬ」

「うむ、面妖《めんよう》な」

「大和屋が金方役所に差し出した書付《かきつけ》には勘定方の印形《いんぎょう》があり、添書《そえがき》の調印もありました。大和屋は藩御用達《ごようたし》でもありますので、金方の役人は不審とも思わずに金子を下げ渡しておりました。その額が総じておよそ千八百両」

「おお、それはまた大金じゃな。偽《にせ》の書付を見破れず大金を奪われるとは、役人にも落ち度があろう」

「いえ、印形は本物でございました。調印は勘定方谷垣玄蕃によるもの。父は玄蕃と大和屋に不審を抱きはしましたが、なにかの間違いかもしれず、そのために上役である高木左門にも相談せずに、まず本人に問いただSantんと谷垣の長屋を訪れ、その帰途、帰らぬ人となったのでございます」

「悪事を見破られた玄蕃が、お父上を闇討ちし、逐電いたしたのか。が、示し合わせて金子を騙《かた》り取った商人はいかがした。その者も同罪であろう」

「同じ夜に大和屋に賊《ぞく》が押し入り、主人吉兵衛が殺害され、手文庫の金が奪われたと」

「押し入ったのは谷垣玄蕃じゃな」

「賊は夜分密かに吉兵衛の寝所に忍び込み、おどして手文庫の金二百両ほどを奪い、吉兵衛を斬り捨てました。ただし頭巾《ずきん》で面体《めんてい》を隠していたので、それが玄蕃かどうかはわからぬと、その場にいた吉兵衛の女房は申し立てております」

「なんの。玄蕃に決まっておる。悪事の片割れ、大和屋の口を封じたのであろう。仔細は相わかった。お父上が闇討ちされたは五年前と申されたが」

「はい」

「そなたらが江戸に参られたは昨年の秋とのこと。その間、敵を求めて諸国を巡り、艱難辛苦《かんなんしんく》の旅を続け、ようやく江戸へ至られたのじゃな」

かの赤穂義士でさえ、江戸城の刃傷《にんじょう》から討ち入りまで一年十か月もかかっている。それを五年とは、苦労はいかばかりか。

「いえ、さようではございません」

「えっ」

「父が討たれましたとき、弟は十二。ご主君より仇討ち免状をいただくのに、まず小太郎が前髪を落とすのを待ったのです」

「小太郎殿の元服《げんぷく》を」

お妙は頷く。

「では、その間、藩は追手《おって》を」

「いいえ」

「敵は野放しか。谷垣玄蕃と申す者、お父上を闇討ちし出奔《しゅっぽん》いたしたからには、仇討ちは当然。しかしながら、商家に押し入り主人を殺害、藩の御用金も奪っておる。そなたらの仇討ちを待つまでもなく、罪人として、すぐさま追手を差し向けるべきであろうに」

お妙は大きく溜息をついた。

「家臣が商人と手を結び、お役目を悪用して御用金を着服したことが公《おおやけ》になれば、勘定方、金方役所、ともに役人の処分をいたさねばならず、切腹の沙汰もありましょう。数度にわたる不正を見過ごした上役の大伯父高木左門にもさらに累《るい》が及ぶと思われます。また、このような不始末、ご公儀に知れれば、ご主君にもどのようなお咎《とが》めがあるやもしれず。そこで評議の上、帳簿には不審なく、父の書状は取り上げられず、勘定方不正のこと、内聞となり」

「なんと、闇に葬《ほうむ》ったとな」

又兵衛は憤《いきどお》る。

「大和屋に押し入った賊につきましても、手がかりはなく、谷垣玄番の所業とも決めがたく」

「なんと、なんと、商家に押し入り、人命と金子を奪う悪行《あくぎょう》までが不問とは」

「ゆえに、父は玄蕃に私闘で討たれたとされ、結城の家は断絶。母はその直後、無念のあまり父のあとを追って自害いたしました」

お妙は顔を伏せる。

「おお、理不尽の極《きわ》みなり。同役を殺害し、御用金を奪った不忠者。すみやかに手練《てだ》れの者を選び、上意《じょうい》討ちを命ずるが本来なるに。おのが保身の者どもよ。正義を守らず己《おのれ》を守るとは」

今の世の中、どうにもおかしい。口先だけで上にへつらう者が出世し、正義を貫く者はお役御免で捨てられる。ずる賢く立ち回る者が富を得て、不正をただそうとする者は殺され損。悪はますます栄えるばかりではないか、と怒りを漲《みなぎ》らせる又兵衛であった。

「幸いにもわれらの境遇に同情した大伯父高木左門のもとに寄寓《きぐう》し、小太郎も無事元服いたし、主君但馬守からも仇討ち免状をいただくことが叶《かな》いました。亡き父の無念、私闘で敗れた負け犬のごとく言われ、わたくしも小太郎も、どれほど肩身の狭い思いをしてまいりましたことか。憎むべきは谷垣玄蕃。かくなる上は敵玄蕃を探し出し、討ち取ったあかつきには、ただひとえに家の再興を願うばかりでございます」

お妙はそっと目頭《めがしら》を押さえながら、辛《つら》い話を語り終え、深々と頭を下げた。

「さもあろう」

又兵衛はしきりに頷く。

「殊勝なるお志、この石倉又兵衛、心より感服いたした」

今は夏だが、仇討ちならばやはり冬。又兵衛の脳裏に雪景色が浮かぶ。雪の降り積もった高田馬場《たかだのばば》か浄瑠璃坂《じょうるりざか》。

白装束の姉と弟。赤い襷《たすき》に白い鉢巻き。絵になるのう。

雪原の中に仁王立ちしているのが、憎々しい敵の谷垣玄蕃。六尺あまりの大男で、百日鬘《ひゃくにちかずら》に黒装束、赤ら顔を引きつらせて、姉弟を迎える。

ゴーンと明け六つの鐘。

いざ尋常に勝負、勝負。

「はてな」

今まで黙って話を聞いていた良庵がぽつりと呟《つぶや》いた。

「うーん」

なにやら思案の様子である。

「いかがいたした、良庵殿。なにゆえ首を傾げておる」

心地よい夢想から覚めて、又兵衛は眉間《みけん》に皺《しわ》を寄せる。

「いえね。たいしたことじゃありませんが」

良庵は脇に引き寄せた煙草《たばこ》盆で、長めの煙管《キセル》をすぱすぱとふかしている。

「あ、ご隠居様も一服いかがですかな」

「いらん。わしは煙草も酒も嗜《たしな》まぬ」

「ほう、そうですか。煙草は心を落ち着かせ、酒は苛立《いらだ》ちを押さえる効用があるんですがねえ」

「そんなことはどうでもよい。で、なにを思案しておる」

口から煙をふうっと吹き出し、良庵は煙管をぽんと灰吹きに叩きつける。

「お妙さんのお話、実に気の毒なおふたりのご境遇、察してあまりあると思いますよ。が、ちょっと、どこかしっくりこないんだなあ」

「なにが」

せっかくの仇討ち話にけちをつけるつもりか。

「ですから、おふたりのお父上がなにゆえ殺されなければならなかったのかと」

「これ、そのほう、ちゃんと話を聞いておったのか。谷垣玄蕃という者が領内の米屋と示し合わせ、御用金を横領していた。そのことにお役目上、気がついたお父上が事を問いただそうとして、闇討ちにあわれた。そうであろう、お妙殿」

「はい、さようでございます」

お妙は頷く。

「良庵先生、わたくしの話になにかご不審の点でも」

「不審というほどじゃないんです。ただ、ちょっと」

「馬鹿者っ」

わあ、とうとう大殿様の馬鹿者が出たよ。三助、気が気でない。

「そのほう、なんだ。その奥歯にものの挟まったような言い方は。言いたいことがあれば、男らしく、堂々と申せばよいではないか」

「先生、わたくしもうかがいとう存じます。しっくりこないとは、いったいなんでございましょう」

良庵は総髪の額を押さえる。

「参ったなあ。では、もう一服」

煙管に煙草を詰めて、火をつけ、すぱすぱ。

「ええい、早く申せ」

「いえ、思ったことを頭の中でまとめるには、これが一番でしてな」

ふうっと煙を吐く。

「では、申し上げますが、お国元は風光明媚な小藩で、人々はみな質素に暮らしているとおっしゃいましたね」

「はい」

「そういう土地柄で、千八百両もの大金を奪ったとして、隠し場所にも使い道にも困りますよね」

「なにをつまらぬ理屈を言うか。欲に目のくらんだやつは、千八百どころか何万両でも欲しがるものじゃ。悪人は自分が一生使いきれない金を手に入れるために悪事を働く」

「それはそうです。が、江戸と違って、遊ぶところは少ないだろうし、質素な家風で贅沢《ぜいたく》すれば目立ちます。ちゃんとお役に就《つ》いて禄《ろく》をいただいている武士が、なにゆえに分不相応な大金を求めたのか。ばれたら元も子もない。お家断絶どころか、本人は切腹以下の死罪。妻子があれば、連座でこれも無事では済みますまい。どうしてそんな危ない橋を渡ったのか。商人を巻き込んで、金を騙《だま》し取り、おそらくは山分けでしょう。大和屋という米屋にしたって、それほどの大金を役所を騙して奪ったとなれば、妻子ともども極刑は免《まぬか》れない。一件ののち、大和屋はどうなりました」

「横領は表沙汰にはなりませんでしたが、主人が殺害され、間もなく店は潰れて一家離散」

「なるほどなあ。玄蕃に妻子は」

「この一件の三年ほど前に妻女を病気で亡くし、子もありませんでした」

「そこじゃ」

又兵衛は良庵を睨む。

「この悪党には妻も子もない。だからだれに遠慮もなく、好き勝手に悪事を働きおったのじゃ。その上、こやつは平気で人を殺《あや》めおる。お妙殿のお父上を夜道で背中から斬り、その足で米屋に押し入り、亭主を殺し金を奪って逐電。実に用意周到、悪賢いやつじゃ」

「たしかに用意がいいんです。千八百両も横領すれば、お妙さんのお父上が気づかなくとも、遅かれ早かれ、いずれは露見するのではないか。つまり、玄蕃はお父上に不正を見抜かれたから逐電したのではなく、最初から国を捨てるつもりだった。ちゃんと逃げる工夫をしていたから、すぐに姿を消すことができた。そうでしょ」

「そうかもしれません」

お妙が頷いたので、良庵はにやり。

「この男は悪人ながら、無闇に人を殺していませんよ。大和屋の主人は殺したが、女房も店の奉公人も無事だ。あなたのお父上を闇討ちしたが、いっしょにいた小者は殺さなかった。お父上を殺害したのは、横領を見破られた他にも、まだわけがあったのでは」

「なんだと。またまたおかしなことを言い出しおって」

又兵衛が吐き捨てる。

「お妙さん。その玄蕃は今、歳はいくつですか」

「父と十違いなので、三十七かと思われます」

良庵は頷く。

「意外と若いな。じゃあ、当時は三十二か。で、五年前は小太郎さんが十二と申されたが、あなたは」

「これ、良庵」

又兵衛がたしなめる。

「先ほどから聞いておれば、なんじゃ。だしぬけに女子《おなご》に歳を聞くなど、そもそも礼を失するぞ」

お妙は気にせず。

「いえ、申し上げます。五年前は十七、今は二十二でございます」

「玄蕃の顔はよく憶《おぼ》えておられますか」

「狭い家中で、同役。玄蕃はときおり、我が家を訪れておりました。小太郎はまだ小児であり覚束《おぼつか》なく思いますが、わたくしは決して、敵の顔、忘れはいたしません」

きっぱり言い切る。

「なるほど。仇討ちの立役は元服した小太郎さんだが、姉のあなたがいっしょに付き添うのは、敵の顔をよく知っているからですね」

「はい」

「谷垣玄蕃という男。お父上より十歳下ということは、同役でいろいろと教えを乞い、温厚篤実なお父上もまた、親切に教えておられたのでしょう。実を言うと、私も小藩の出で、土地柄もあるが、狭い田舎ではたいてい武士も町人も百姓も顔見知り。同役ならば、家族ぐるみで付き合うこともある。その玄蕃という男、あなたの家をときおり訪ねていたというのは」

「父と算術のことをあれこれ話しておりました。勘定方と申しても、算用の得意な方はさほどおられません。玄蕃は武芸もできますが、算用もなかなか筋がいいと、父は喜んでおりました」

「それが五年前に、大金を奪い逐電。なにゆえか」

良庵はお妙をじっと見る。

「お父上は勘定方の勝手元取締というお役目でありながら、上役である組頭に相談もせずに、単身で玄蕃の家に行かれた。これは、お父上と玄蕃の間になにか、お役目以外のいきさつがあったのでは。お妙さん、あなたがおっしゃったことは、みな、ほんとうのことで、嘘はないと思いますが」

お妙は無言で頷く。

「ほんとうのことだけを話しておられる。が、まだなにか、われわれにおっしゃってないことがあるのではありませんか。どうも、歌留多《かるた》の札が抜け落ちているようで、もどかしい」

「良庵先生。それもまた、お得意の蘭方によるものでしょうか」

お妙はじっと良庵を見る。

「ふふ、蘭方は妖術でも千里眼でもありませんからね。あなたがたのお父上の敵、谷垣玄蕃という男がどういう心境で主君の金を横領し、世話になっていた懇意の同役を殺害して、国を出奔したのか。わかるところから推し量るしかありませんが」

又兵衛が唸《うな》る。

「ううう、なにを馬鹿なことを。推し量るまでもない。その男は卑《いや》しい盗人《ぬすっと》であり鬼のような人殺しだ」

「ええ、ですから、なにゆえ、玄蕃はそんな悪事を行ったのか」

「良庵先生」

お妙が言う。

「先生はもう、すでにわかってらっしゃるのではありませんか」

「あなたのお父上が斬られたのは、玄蕃の横領に気づいたから。が、それ以前の遺恨《いこん》にもよる。だからこそ、あなたは小太郎さんといっしょに国元を出た。玄蕃を討つためた」

「このことは、申し上げずに済めばと思っておりましたが、なにもかもお見通し、千里眼の先生に隠し事は不要」

良庵は頷く。

「父は算術を語りあう友として、玄蕃と気が合い、玄蕃もまた父を慕《した》っておりました。玄蕃はしょっちゅう、我が家を訪れ、父といっしょにご酒を酌《く》み交わすことも。あれは、玄蕃の妻女が亡くなられて、二年ほど後のこと、玄蕃が父に申し出たのです。このわたくしを後添いにもらいたいと」

「なんと」

又兵衛が目を剝く。

「ということは、一件の一年前ですね」

「はい。父は最初、冗談かと思ったそうです」

「が、玄蕃は真剣だった」

「温厚な父は、やんわりと断りました」

「が、玄蕃はあきらめなかった」

「当時、玄蕃は三十一、わたくしは十六」

「同じ家中で、家格も同じ。歳は少々離れているが、婚姻は別に不都合でもない。十六といえば、嫁ぐには早すぎるということもない」

「はい」

「だが、お父上は断られた。そのお気持ちもわからぬではないな。あなたは家中でも飛び切り美しい」

「いえ」

「お父上は勝手元取締にも出世され、縁組の話はいくらでもあり、美しいあなたは引く手あまただ。なにも同役の、それも三十路《みそじ》過ぎた男の後添いにやることはないと」

「父が断ったのは、それだけではないと思います。父に断られてからの玄蕃は、理由をつけては、わたくしどもを訪ねてまいります。とうとう温厚な父も怒りをあらわにし、玄蕃を汚《けが》らわしいと罵《ののし》りました。それでも、再三懇願する玄蕃を戸口で追い払う始末。同役なので、おそらくはお役目の上でもさぞや気まずいことであったと思われます」

「あなたは、玄蕃をどう思っておられました」

「以前は、気さくで優し気なお方と思うておりました。が、殿方としては、なんとも思っておりません。それ以後は、執拗で薄気味悪い男と感じました。父母が厳しく目を光らせておりましたので、顔を合わせることはありませんでしたが」

「玄蕃というのは、見た目もなかなかいい男なのではありませんか」

「どうしてそう思われます」

「狷介《けんかい》な男なら、いくら同役といっても、お父上が何度も家に招くとは思えない。穏やかで、頭も悪くなく、剣の腕も立つ。妻女を亡くして、あなたを後添いにということは、玄蕃自身、決して高望みではなく、自分もまた、あなたの美しさに見合った男と考えていたのではと、そう思ったのです」

「父は言いました。あの男は剣もできる。頭も悪くないし、姿形もなかなか好ましい。

が、なにやら、気性に底知れぬものが潜《ひそ》んでいる」

「底知れぬもの」

「現に、あの執拗さは、まるで蛇のようでした」

「それで、玄蕃はお父上に手ひどくはねつけられて、国を捨てる気になった。ただ出奔するだけではない。算用の技を発揮し、商人を使って大金を横領し、そして、最後の恨《うら》み、お父上を斬った」

「父が斬られたのは、わたくしのせいだとお思いですか」

「いいえ、縁組を断られただけで、金を盗んで、人を殺す。きっかけはどうあれ、まともではない。玄蕃という男、恐ろしい極悪人です。お妙さん、いやな話を思い出させてしまいましたね。お詫びいたします」

　良庵は頭を下げる。

「いいえ、先生。ですからこそ、この仇討ち、小太郎ひとりでなく、わたくしもいっしょになって、討ちたいのです」

　ぽかんと口をあけて聞いていた又兵衛は大きく息をつく。

「お妙殿。なんと不憫《ふびん》な」

　女は美しければ幸せだと思いがちだが、美貌ゆえに悪に魅入《みい》られ、不幸になる者もいるのだ。この娘は父が斬られ、母は自害し、家は断絶した。その美しさに執着した悪人のせいで。

敵は今、いずこであろう。大金を所持して行方をくらました敵を探し出すのは容易ではなかろう。駿河なら、江戸へ行くか、名古屋《なごや》か上方《かみがた》か。人の多い土地へ逃れ、人に紛れて、目立たぬように盗んだ金を小出しにすれば、一生安楽に暮らせる。

「で、お妙殿、昨年の秋に江戸に出てまいられたとの話であるが、なにか敵の手掛かりでもあってのことか」

艱難辛苦ののち、敵に巡り合い、それを討つのは、まだこれから先の話なのだ。

「昨年の夏、参勤交代から戻られた家中の方が、江戸で玄蕃を見かけたとのこと。それを頼りに弟とふたり、江戸に参り、馬喰町に投宿して、日ごとに町を探索しております」

「なるほど」

良庵が言う。

「金を奪い、人を殺して、逃げている男ですからね。素性は巧みに隠し、どこかに潜伏しているに違いない。玄蕃を見たという家中の方は、嘘をついていないまでも、他人の空似《そらに》で人相を見違えたということは」

「たしかにおっしゃる通りです。が、玄蕃の顔にはわかりやすい印がございます」

「印とは」

「右目の脇、すこし下に黒子《ほくろ》が」

「おお、黒子とな。それはよき目印」

又兵衛が横から膝を打つ。

「たしかに、家中の方が見た男が玄蕃だったかどうか、わかりません。が、他にはなんの手掛かりもないのです。たったひとつでも、たとえあやふやでも、そこになにかを見出《みい》だすしかないではありませんか。国元で新しいことがわかれば、大伯父から便りがあるはずなので、今は江戸で探すよりありません」

「右目の下に黒子のある男。それは大きな手掛かりですが、でも、ただ闇雲に探したところで、そうはたやすく見つからないでしょうね。芝居町へいらしたのは、たまたまですか。それともなにかわけが」

「はい、江戸で玄蕃を見たという方の話によりますと、玄蕃は町人の身なりで、それもなかなか羽振りがよさそうで、まるで大店《おおだな》の主人のようであったと。供をひきつれて、見世物小屋の立ち並ぶ両国の人波の中を歩いていたとのことです」

「供を連れて両国か」

「はい、その方はお役目の途中で、人波に消えた玄蕃を深追いすることもできずにそれっきりとのこと。ですから、わたくしどもも最初は両国を探し回りました。やがて、浅草《あさくさ》の奥山《おくやま》。花の時節は飛鳥山《あすかやま》。人出のあるところはどこへでも。芝居町も今、賑《にぎ》わっておりますので、もしやと思いまして」

「盗んだ金で、羽振りのいい商人になって、供を連れて遊び歩いている。ありえない話じゃないな。この江戸のどこかにいるとすれば、いつか出会うかもしれませんね。いや、たとえ江戸にいたとしても、十年先か二十年先か、すれ違ったとしても一生出会わないかもしれないが」

「こらっ、水を差すようなことを申しおって」

又兵衛に睨みつけられ、良庵は肩をすくめる。

「で、お妙さん。もし、おふたりで人出の多い盛り場を歩き回って、万が一、敵に巡り会ったら、そのときはどうします」

「すぐに名乗りをあげて、その場で立ち会うか、あるいは日時を決めて、果し合いを迫ります」

「天晴《あっぱ》れじゃ」

うれしそうにうなずく又兵衛。

「だけど、ご隠居、相手は剣ができる。こっちはか弱い女と、まだ若い男で脇差は竹光。しかも、町のならず者に絡まれただけで、袋叩きにされるような」

小太郎は歯を食いしばってうなだれる。

又兵衛の中で、華やかな仇討ちの思いがたちまちしぼんでゆく。芝居の世界では、正義が敵を討ち取り、白い雪が悪人の血で真っ赤に染まる。

が、今、この若いふたりが敵に巡り会ったとしても、果たして、大願は成就《じょうじゅ》できるであろうか。いや、勝負は時の運とはいえ、あっという間に返り討ちだ。

「小太郎殿」

又兵衛が呼びかける。

「はい」

「そのほう、剣の流派は」

「いえ」

小太郎はうつむく。

「いえ、とはどういうわけじゃ」

「とくに流派を修めたわけでは」

「お妙殿。まことか」

「はい」

又兵衛、顔をしかめる。

「昨年の秋に江戸に出て参られたのじゃな」

「はい」

「そして、敵を求めて、江戸の盛り場をうろついて」

「はい」

「いずれ敵に巡り会うであろう」

「そう願っております」

「出会って、どうする」

「命をかけて立ち会いまする」

「愚かなっ」

又兵衛の中で怒りがむらむらと沸き起こってきた。

「武士とは力の限りに戦う者じゃ。悪をただすためには、ときに己よりもはるかに強い者に立ち向かわねばならん。だが、剣の修行も満足にせず、武士の命である刀をたやすく手離すような、そんな性根の者に、正義が全《まっと》うできるものか。人間、死ぬ気になれば、なんでもできるなどというが、初めから死ぬ気の者は、ただ犬のようにみじめに死ぬだけじゃ。悪いことは言わん。国元へ帰るがよい。そして無益な仇討ちなど忘れて、細々と生きるがよい」

所詮、仇討ちなど、芝居の中だけの絵空事《えそらごと》にすぎないのだ。

「ご隠居様」

お妙がきっと又兵衛を睨み返す。

「たしかに小太郎は未熟者。わたくしも女子ゆえ、剣の心得はございませぬ。ですが、仇討ちを成就するまでは決して、国に帰ること、かないませぬ」

「ふんっ、だからと申して、剣の修行も満足にせずに」

「そうおっしゃるのなら、ご隠居様」

お妙はぐっと又兵衛を見つめる。

「わたくしどもに、どうか剣をご指南くださいませ」

「なんじゃと」

藪《やぶ》から棒になにを言い出すのだ、この女は。

「往来でならず者をあっという間に退治なされた並々ならぬお力。どうぞ、その技をわたくしと小太郎にご教授くださいませ」

お妙は小太郎を引きずるようにして、又兵衛の前に平伏させ、自分も深々と床に額をこすりつける。

「馬鹿な。剣技は一朝一夕《いっちょういっせき》に身につくものではない」

「いつ敵に巡り会うかはしれませぬが、そのとき、相手に打ち勝てる技、いえ、この命は惜《お》しくはない。身を捨ててでも、相手に一太刀浴びせる技を、どうかご指南くださいませ」

「そんな都合のいい技があれば、苦労せんわい」

「ご隠居、いかがです」

横から煙管をくわえた良庵が口を出す。

「これは案外やりがいがあるかもしれませんよ。どうせ閑《ひま》を持て余して、芝居見物してるだけでしょうが」

「馬鹿なっ。なにを申すか」

「あなたが何年もかけて修めた剣の技、ひとつやふたつ、稽古つけてやってもいいんじゃありませんか。それで若いふたりの仇討ちが成就すれば、あなたも満足できるはずだ」

「そんなにうまくいくものか」

「案外いきますよ。いちから剣を修行するとなれば、仇討ちに間に合わないかもしれないが、これぞ必殺という手を、あなたならいくつもご存じでしょうに」

又兵衛は良庵を睨む。

「ああ、そうだ。ご隠居、あなたたち、男所帯でなにかとご不自由でしょ」

「なにを言い出すのじゃ。おぬしはいきなり」

「その夏羽織、とても上等ながら、裾《すそ》がほころんでいる」

「あっ」

「女手がない。そうでしょう。江戸じゃ、女が人手不足で女中奉公のなり手が少ないんですよ。あなたのご気性、相当に口うるさいようにお見受けします。それで、女中が居つかないのでは」

図星《ずぼし》を刺される。小癪《こしゃく》な。

「知ったことか」

「ねえ、そのふたりを隠居所で引き受けたらいかがですかな。家の用事をいろいろとやってもらって、給金の代わりに剣術を教えるってのは」

「なに、勝手に決めているのだ」

なるほど、そいつは案外いいや。この先生、うまいこと言う。三助も顔をほころばせる。

「どうです、お妙さん。あなたがたも、馬喰町の宿にいるより、ずっといい。給金はもらえなくても、寝るところと食い物には不自由せず、剣術も指南してもらえる。これで敵が討てれば一石三鳥だ」

「ご隠居様」

お妙と小太郎は、さらに頭をさげる。

「ええっ、そなたら、本気なのか」

「先生のおっしゃる通り。ご隠居様、わたくしと小太郎、どんな仕事でもいたします。どうか、どうか、お願いいたします」

「参ったのう」

おやおや、三助は驚く。言葉とは裏腹に、大殿様はどこかうれしげな様子だ。

「いたしかたない」

又兵衛は頷く。

「乗りかかった舟じゃな。うーん。お引き受けいたそう」

うわあ、大殿様、いいんですかい。

「まことでございますか。ありがとうございます」

お妙は胸を撫《な》で下ろす。

「剣の修行は厳しい。容赦《ようしゃ》せんぞ」

「よろしくお願いいたします」

「それからな、良庵殿」

又兵衛は良庵に向き直る。

「なにか」

「そなた、医業は閑なようじゃ」

「え」

「が、なにもかも見抜く蘭学の才は人並以上じゃ」

「よしてくださいな」

「その才をもってすれば、ふたりの敵、谷垣玄蕃の居所をあぶり出すのも、難しくはなかろう」

「なにをおっしゃる。買いかぶられては困ります。蘭学は八卦見《はっけみ》とは違いますよ。江戸は広い。それに、わたしは医者だ。流行《はや》らないとはいえ、いつなんどき怪我人や病人が飛び込んでくるかしれません。ここをひょいひょい離れて、人探しなどできるわけが」

「うむ。それは道理じゃ。友蔵」

又兵衛の目は御用聞きの友蔵に移る。

「へい」

「おまえ、さきほど、捕物が好きで御用聞きになったと言っておったな」

「はあ」

「見込みはあるぞ。おまえは、谷垣玄蕃が江戸にいるかどうか、その手掛かりを追うのじゃ」

「え、あたしがですか」

「そうじゃ」

「弱ったな、どうも」

「なにを弱ることがある。人探しも捕物のうち、集めた材料を良庵殿に伝えよ。それを良庵殿が吟味《ぎんみ》し、敵の居場所が絞り込める」

「そう、うまくいきゃ、いいんですがねえ」

「おまえも聞いておったであろう。谷垣玄蕃は齢《よわい》三十七、右目の下に黒子《ほくろ》があり、なかなかの男前。身なりは裕福な商人、供をつれて盛り場を歩きおる」

「はあ」

「これだけの手掛かりがあれば、なんとかなろうが」

「はあ、なりますかねえ」

「お妙、小太郎、そのほうらは今からわしの弟子じゃ。呼び捨てにいたすから、そのつもりでおれ」

「ははっ」

「よしっ。そうと決まれば、この仇討ち、必ずや成し遂げねばならぬ。みなの者、心してかかるのじゃ」

うわあい、すごいことになってきたぜ。三助、心の内で叫ぶ。

「よろしゅうお願いいたします」

お妙と小太郎はひたすら恐縮している。

「ご隠居、わたしは思うのですが」

「なんじゃ、良庵」

いつの間にか殿が抜けて呼び捨てになっている。

「この仇討ち、きっとうまくいく気がしますよ」

「おお、そのほうの蘭学で、卦《け》が出たか。幸先がよい」

「なんども申しますように、蘭学は八卦じゃありません。それに、仇討ちがうまくいくと思うのは」

良庵はぽんと煙管を打ち付ける。

「理屈じゃない。ふふ、ただの勘でございます」

二

大殿のお嬢様の美緒様、今では石倉家ご当主源之丞様の奥様が声をかけてきた。

「どうじゃな、三助。父上のご様子は」

「はい、お変わりなく」

ほんとうはお変わりありありすぎるんですがねえ、と三助は口元まで出かかるが、ほんとうのことなど言えるはずがない。

特に報告することがなくても、季節の替わり目には、番町のお屋敷を訪ねることになっているのだ。

三助はもともとこの屋敷の小者として奉公していたので、控えている勝手口で、顔見知りの下女がにやにや笑いながら、

「おまえさんも大変だねえ」

と言って、茶をいれてくれる。

別に大変ではない。大殿様はたしかに口うるさいが、慣れてしまえば案外平気だ。

それに本所の暮らしは、ここ番町のお屋敷よりもずっとわくわくするのである。

なにしろ、大殿様とふたり、しょっちゅう芝居を観に行くのだから。大殿様は町人に化けて侍とわからないようにして芝居を観ているつもりだが、周りの連中、案外気がついているのかもしれないぜ。

はい、大殿様はしょっちゅう、三座のお芝居をごらんになっておられます。

なんて言ったら、奥様、目を回されるだろう。

しかし、先日の大殿様の立ち回りには、三助もさすがに驚いた。

若い侍を袋叩きにして、滅法《めっぽう》いい女を連れ去ろうとしていたごろつきどもを、大殿様はあっという間に叩き伏せ、追い払った。大殿様があんなに強いなんて、ぶったまげたなあ。

これだけでも驚きなのに、その若いふたりが、駿河の国から出てきた姉弟《きょうだい》で、父上の仇討ちだというのだから、世の中の巡り合わせとはわからないものである。

これがたった一日の出来事、芝居よりもよっぽど面白いや。

で、行きがかりで、そのふたりを引き取って、大殿様は仇討ちの助太刀のお稽古をなさっておられます。

なんて言ったら、奥様、熱出してひっくり返るだろうなあ。

「そうか、父上はお変わりないか。そのほう、あの父によくぞ我慢して仕えてくれるのう。礼を申すぞ」

「いいえ、奥様、滅相もない。あっ、そうでした。ひとつ言い忘れておりました」

「なんじゃ」

「ようやく、女中が見つかりまして、これがよく働きます」

「ほう、それは重畳《ちょうじょう》じゃ」

「おまけに女中の弟もいっしょに下働きで雇いましてね。これが若いに似ず、なかなか気の利いた男で」


退屈だった本所の暮らしが、にわかに活気を帯び始めた。

仇討ち。なんという重々しい響きのある言葉であろう。又兵衛の四肢は高揚する。

大坂《おおさか》の役《えき》から百四十年。世は泰平である。武術は究極には人を殺傷する技であるが、戦《いくさ》がなければ、武士と武士が斬り合うことは滅多にない。

幼い頃から鍛錬を怠らず、剣の道を究《きわ》めたつもりだが、又兵衛自身、五十のこの歳まで、人を斬ったことは一度もないのだ。

乱世ならば、器量の優れたひとかどの武士は、剣の腕で立身が叶えられた。戦で取った首の数が手柄となり、崇敬の的《まと》となった。が、泰平の世で武士が武士として剣で栄誉を得られるのは、今や仇討ちか上意討ちしかない。それももう、皆無に等しい。ゆえに剣術は廃《すた》れ、町道場には閑古鳥《かんこどり》が鳴いて、人は遊興に耽《ふけ》る。

又兵衛はそんな世間に対して、不平不満をかこつばかりで戦うことはしなかった。戦う術《すべ》さえ知らなかった。

だから、自分の怒りは、ただの小言でしかなかったのだ。お役にあるときは、同僚や上役に面と向かって苦言を呈した。番町の屋敷にいたときは、娘や婿や家来を叱りつけた。本所の隠宅に移ってからは、だらしない女中や、不作法な湯屋の客や、無法な魚屋や、その他、目につくものは手当たり次第に叱責《しっせき》した。だが、そんなものは戦いではない。

先日、芝居町でならず者を蹴散らしたが、あのときの高揚感は格別であった。あの者どもは弱い者を傷つけ、若い娘をさらって嬲《なぶ》りものにしようとしていた。邪《よこしま》で汚《けが》らわしき悪である。

泰平などは絵空事。不届きな悪がのさばる天下は、決して安泰ではないのだ。

鬼畜のごとき邪剣の使い手が忠義の士を斬り捨て、大金を騙《かた》り取っても藩は不問に付して己の保身をはかる。

周囲を見渡せば、覇者《はしゃ》におもねり寄りそう者が隠然たる力を養い、その力で弱い者を従わせている。不正な手段で財力をかき集めた卑しき金の亡者《もうじゃ》が貧しき者を踏みにじり、貧しき者は指をくわえて富者を羨《うらや》む。

なんと嘆かわしいことか。この世には忌《い》まわしき悪が野放しにされているではないか。

芝居の世界では正義が必ず悪を討つ。仁《じん》、義《ぎ》、礼《れい》、智《ち》、忠《ちゅう》、信《しん》、孝《こう》、悌《てい》が芝居の中だけの絵空事であってはならぬ。この現《うつつ》の世の中でも、悪人は成敗され、悪の根は絶やされねばならぬ。

卑劣な敵に父を闇討ちされた姉弟の仇討ち、なんとしても成就《じょうじゅ》させてやりたい。

芝居町で彼らの難儀を救ったのは、決して偶然ではない。

天下の悪を懲《こ》らしめる。それこそが自分の本来の使命だとすれば、剣の修行は決して無駄ではなかった。人間五十年。本所の隠宅に引きこもり、あとは静かに余生をおくるばかりと思っていたが、いや、まだまだ、やるべきことはたくさんあるのだ。

「いやはや、大殿様。こう言っちゃなんだが、ひどい宿屋でした」

馬喰町に同行させた三助が帰ってくるなり言った。

「汚い木賃宿《きちんやど》のくせに、ふたりを田舎者と見くびって、そうとうな宿賃をふっかけていました。しかも、周りに胡散臭《うさんくさ》いのが寝泊まりしてるでしょ。今年の春の終わり、ちょうど気が緩んだ頃合いを見計らって、宿屋で路銀《ろぎん》が盗まれたそうですよ。気の毒に。で、亭主に訴えても結局、だれが盗んだのか、わからないまま。宿賃が払えないなら、お妙さんに働き口を世話しようって言ったらしい。別嬪《べっぴん》ですからねえ。悪い女衒《ぜげん》にでも売り飛ばす魂胆《こんたん》に決まってます。案外こそ泥と亭主は同類かもしれません。で、そんないかがわしい働き口は困るというんで、小太郎さんが脇差を質に入れてね。それで宿賃を払い、代わりに竹光を」

「そうであったか」

そう聞いては放っておけない。三助を質屋に走らせて、脇差を請け出した。

本所の隠宅は大商人の寮だけあって、けっこう広い。さっそく姉弟はここで寝起きすることになる。

お妙は、まだ夜も明けきらないうちに、朝飯の準備をする。心地よい味噌汁の香りが台所から漂った。

小太郎は井戸で水を汲み、家中を雑巾《ぞうきん》がけ。

「わあ、驚いた。廊下がぴかぴかだ。足を滑《すべ》らせそうになりました」

「馬鹿者っ」

又兵衛が三助を叱る。

「おまえが今までどれだけ怠けていたかわかったか」

朝飯がすめば、小太郎相手に庭で剣の稽古。初日はお妙と三助も見守った。

小太郎は木刀で又兵衛に立ち向かう。

「さあ、わしを敵の玄蕃と思うて、どこからでも打ちかかってまいれ」

近頃の道場は門弟が怪我をすることを恐れ、防具をつけて竹刀《しない》で打ち合う。太刀筋を学ぶだけなら、それもよかろう。

が、実際に敵と戦うときには防具も竹刀もないのだ。真剣で斬り合い、負ければ死ぬだけである。それゆえ、稽古には真剣とはいわないまでも、木刀を使用する。

木刀も打ちどころが悪ければ、命を落とすこともあろうが、その覚悟がなければ、仇討ちなど覚束《おぼつか》ない。

「さあ、遠慮はいらんぞ」

若い頃から鍛錬を重ねてきた又兵衛は五十を過ぎてもいささかも衰えていない。ますます頑健で、背は特別高くはないが肩幅は広く胸板は厚く手足は骨太、すっと立っているだけで、まるで岩山のようにがっしりしている。

小太郎はまったく打ち込めず、木刀を構えたまま動かない。

「なにをしておるか」

見ちゃいられねえな。あのへっぴり腰はどうだ。三助は自分が剣術嫌いなのを棚に上げ、呆れ顔。

「やああ」

ようやく、か細い掛け声を発し、小太郎が正面から打ち込む。

かーん。

庭の隅まで木刀を弾《はじ》き飛ばされ、小太郎は両手のしびれに顔を歪《ゆが》める。背は少々高めだが、手足も細長く、腰は据わっておらず、かえって弱々しさを感じさせる。

ええっ、なんだい、今のは。三助はぽかんと口をあけたまま。

「うむ、小太郎」

「はい」

「木剣を拾うて、いま一度、打ちかかってまいれ」

「はい」

かすれるような弱々しい声で返事をし、小太郎は庭の隅まで飛んだ木刀を拾い、再び向き合う。

「やああ」

かーん。

あらら、見ちゃいられない。こりゃ、素人《しろうと》の俺のほうが、も少しましなんじゃないか。大殿様が怒鳴りつけるぞ、と三助は同情する。

「やああ」

かーん。

「やああ」

かーん。

「やああ」

かーん。

又兵衛はほとんど動かずに小太郎の木刀を撥《は》ねつける。小太郎は肩でぜいぜいと息を吐く。

「よし、太刀筋はわかった。小太郎、なかなか筋はよいぞ」

「ははあ」

　小太郎は一礼。

　え、ほんとかよう。あれで筋がいいのか。三助はびっくり。大殿様、全然怒らないで上機嫌だ。俺なんて「馬鹿者っ、なんだ、その構えは」って怒鳴られ続けだったのに。やっぱり侍は生まれつき、筋がいいんだろうか。

「では、素振りをやってみるか。わしが手本を見せるによって、真似《まね》てみよ」

　びゅうっと木刀が風を切る音。すごいねえ。さすがは大殿様、年季が入ってる。決まってるよ。そのまま絵になる。

「やああ」

　掛け声とともに、小太郎も素振りをする。

「その調子じゃ。それをそうじゃな。まずは三百回、続けるがよい。たとえ一太刀といえども、手を抜いてはならんぞ。手を抜けば己を欺《あざむ》き己に負けることになる。己に勝たずして、敵に勝てるわけがないからのう」

　又兵衛は三助に目をやる。

「三助よ」

「はい」

「おまえはここで小太郎の介添えをいたせ」

「介添えでございますか。それはいったい」

「うむ。小太郎が振る数を数えるのじゃ。さ、やってみろ」

小太郎が掛け声とともに木刀を振る。

「やああ」

「ひとつ」

それに合わせて、三助が数を言う。

「そうじゃ」

「やああ」

「ふたつ」

「よし、その調子じゃ」

そう言い残して、又兵衛は部屋に戻る。

お妙も洗濯を始める。

「やああ」

「みっつ」

こいつは大変だ。

数を振るうち、小太郎の掛け声はだんだん小さくなり、背中が丸くなり、一振りの間が大きくなる。

「やはああ」

「三百」

小太郎、最後まで振り終えて、その場にうずくまる。

「小太郎さん、大丈夫ですかい」

「はい、なんとか」

横で見ているだけで、三助もぐったりと疲れていた。

三助の報告で、又兵衛が庭に顔を出す。

「よし、よくやり終えたな。では、小太郎、庭掃除をいたせ」

「はい」

「では、わたくしも」

「おまえはよい。庭は小太郎に任せておけ」

それは困った。飯の支度も片づけも洗濯もお妙がやっている。家の中の掃除は朝から小太郎が済ませて、今度は庭も小太郎がやるとなったら、三助の仕事がない。

三助はいつもはひとりであれもこれもやらなければならなかったので、体がひとつでは足りないほどだった。やることがなくて、手持ち無沙汰というのも、つらい。どうすりゃいいんだ。

「三助、少々伸びたので、当たってくれ」

又兵衛は月代《さかやき》と髭を撫《な》でる。

「はいっ、承知いたしました」

ああ、うれしや。

たとえ隠居していても、武士が髭や月代を伸ばしていては見苦しい。

こればっかりは小者の仕事、お妙や小太郎には任せられない。

三助は嬉々として剃刀《かみそり》と盥《たらい》を準備する。仕事があるってのは、いいもんだなあ。

「小太郎の素振り、おまえはどう見る」

三助は剃刀の手を止める。

「大殿様、あんまり口を動かさないでくださいませ。危のうございます」

「うん、そうであった」

口うるさい大殿様も、こうやって髭を剃《そ》ってるときは素直だ。

無言で月代と髭を剃り終え、濡れた手拭いで顔を拭く。

「うむ。で、小太郎の素振りはいかがであった」

「わたくしなんぞ、素人でございます。が、だんだん声は小さくなる。足腰はふらつく。最後までなんとかもちましたが、見ているこちらまで疲れ果てました」

「そうであろう。今朝ほどの立ち会い、まるでなっておらん。腰は引けておる。打ち込みは弱い。木剣であの体《てい》たらく、真剣など持てば己の足でも斬りかねん」

それほどひどいのか。

「では、大殿様、なにゆえ、筋がいいなどとお褒《ほ》めになられたのです」

「そこじゃ。姉のお妙は仇討ちをなんとしても成就し、家の再興を願っておるが、小太郎はさほどでもないとみた。姉に引きずられて江戸に出たはいいが、とても仇討ちなど叶わぬ。まだ十七、今、わしが怒鳴りつければ、そのまま投げ出して出奔《しゅっぽん》しかねない」

まさか。

「ゆえに筋がいいと持ち上げた。口も方便《ほうべん》じゃ。それにあの小太郎、どの流派にもついておらず、癖がないのがよい。これからみっちり鍛えれば、なんとかなろう」

「なりましょうか」

「なるぞ。そうじゃ。おまえも閑であろう。小人閑居《しょうじんかんきょ》して不善《ふぜん》をなすとやら。いっしょに稽古いたせ」

「わたくしがでございますか」

「小太郎といっしょに、これから毎朝、素振りをいたせ」

もちろん三助は気が進まない。

「小太郎とお妙が仇討ちとなれば、わしは助太刀《すけだち》する覚悟じゃ。おまえ、荒木又右衛門を存じておろう」

「はい、存じてるもなにも、天神様の芝居でごいっしょしました」

「うむ、そうであった。あれがそもそもの始まりじゃ。わしは芝居が好きになり、芝居町に通ううちに、あのふたりに出会った。これは今の世を憂《うれ》う菅丞相のお引き合わせかもしれぬ」

「はあ」

「荒木又右衛門は渡辺数馬《わたなべかずま》が仇敵《きゅうてき》河合又五郎《かわいまたごろう》を討つのに助太刀した。数馬は剣の腕が未熟。相手の又五郎は手練《てだ》れを多数集め、一味の数三十六人。これを又右衛門と数馬、ふたりの従僕、計四人で討ち取った」

芝居は大げさだからなあ。

「谷垣玄蕃も名うての悪党じゃ。果し合いともなれば、多数の加勢を引き連れるやもしれぬ。その際は、おまえもその場におらねばならぬ」

「ええっ」

「今からでも遅くはない。木剣の素振りは大事じゃぞ」

「大殿様。お言葉ではございますが、この三助、大殿様にお仕えすることになんの異存もございません。ただ、仇討ちの助太刀だけは、御免こうむりとうございます」

そんなのいやだよ。芝居では荒木又右衛門の従僕は、又五郎の仲間に斬り殺される役どころだ。

「たってとおおせならば、この場でお暇《いとま》をちょうだいいたします」

「はっはっは、臆病者め」

又兵衛は大笑い。

「冗談じゃ。おまえなど、あてにしておらんわ」

「大殿様、寿命が縮みました。お戯《たわむ》れはご勘弁ねがいます」

又兵衛は湯屋が好きである。

番町の屋敷で生まれ育ったので、町家の暮らしは隠居するまで不案内であった。湯屋に初めて入ったのも、本所に移ってからのことだ。

広い湯船にどっぷりと浸かって疲れが取れる。こんな気持ちのいい湯は屋敷の湯殿では味わえない。

三日にあげず、町内の湯屋に通う。

亭主は又兵衛の顔を見ると、ちょっと口の端《はし》を歪める。うるさい隠居がだれかれなしに叱りつけるので、怖がって客が減っているのだ。近所の常連が橋を渡って亀戸の湯屋まで足を伸ばす。

だが、そんなことはおかまいなしに、又兵衛は午後になると、三助と小太郎を連れて湯屋に行く。

三助は又兵衛の背中を流す。いやはや、大殿様の体格は五十を過ぎても立派なものだ。骨太で肉がひきしまって、素手でならず者を叩き伏せたのも、よくわかる。

それにひきかえ、小太郎はどうだ。

十七にしては背は高いが、生っちろくてひょろひょろと、まるで蚊《か》とんぼである。

三助も小柄で貧弱だが、小太郎ほどひ弱ではない。

もっとも、十七といえばまだ育ち盛りである。それなのに国元を出て、馬喰町の安宿に泊まって、ろくに食うこともできなかったのだ。

だから、力も出ないのである。

江戸っ子は飯だけはたっぷり食うのが自慢だ。これからは腹いっぱい食って、力をつけなければ、仇討ちどころではない。

「いい湯であった」

隠居所へ戻ると、お妙がつくった夕飯である。

又兵衛は一滴も酒を飲まない。一朝《いっちょう》事あるときに酔って後《おく》れをとるのは武士の恥《ち》辱《じょく》である、というのだが、大殿様はきっと酒が弱いんだろうなというのが三助の見方であった。

三助は別に酒が嫌いではない。お屋敷にいたときは、酒好きの中間《ちゅうげん》がいて、ときには飲ませてくれた。が、本所へ移ってからは、全然飲まないので、飲みたいと思うこともなくなった。

夜は行灯《あんどん》の油がもったいないので、早めに寝てしまう。

朝は明けやらぬうちからお妙は朝飯の支度、小太郎は掃除。飯が済んだら、庭で又兵衛と小太郎は木刀を打ち合い、その後、素振り。

午後になると、湯屋へ。

この繰り返しである。

が、数日後、湯屋が閉まっていた。

「あ、大殿様、今日は休みでしょうかねえ」

「うむ、仕方あるまい」

と、ちょうど中から出てきた亭主にばったり。

「おい、親父さん、今日休むなんて聞いてなかったぜ」

三助が言う。

「あ、これはこれは小言、いや、ご隠居様。ご不便をおかけいたします。実は当分の間、休ませていただくことになりました。亀戸のほうにも湯屋はございますので、どうぞあちらへ」

ははあ、このところ客が減ってたんで、とうとう店仕舞いか。

「亭主、いかなるわけじゃ」

又兵衛、ぐっと湯屋の亭主を見る。

「いえね。釜焚《かまた》きの権助《ごんすけ》が急に辞《や》めちまいましてね。あたしもこの歳で、力仕事はできませんので、しょうがない。今から口入屋へ人を頼みに行くところです」

「なに、力仕事とな。釜焚きとはどのようなことをいたすのじゃ」

「ご隠居様のお耳に入れるようなことではございませんが」

「大事ない。申せ」

「はあ、さようでございますか。まあ、湯船を掃除して、湯釜に水を汲み入れまして、薪《まき》を割って焚きます。掃除ぐらいでしたら、あたしでもなんとかなるんですが、水汲みと薪割りだけはどうにも」

又兵衛はにやりとした。

「亭主、わしによい思案があるぞ」

三

秋になっても、なかなか敵《かたき》の手掛かりはつかめない。

夕暮れ、友蔵は徳利《とっくり》を下げて高砂町の良庵を訪ねる。

「先生、いますか」

「友蔵親分、今日はひとりか」

奥から良庵がぬっと顔を出す。

怪我人や病人を連れてきたわけではない様子である。

「わかりますか」

「うん、なにかあれば大声で飛び込んでくるだろうが。声の調子からすると、なにもなし。あのご隠居から頼まれた仇討ちの敵も、まったくの手掛かりすらないという顔だな。まあ、あがれ」

「先生にかかっちゃ、かなわねえ。でも、先生も閑なようですね」

「流行り病もなければ、地震や火事で怪我人がどっと出ることもない。世の中つくづく平和だなあ。まあ、それがなによりなんだが、こう閑だと、こっちが干上がっちまう。おい、友蔵、どこかに患者の出物はないか」

「冗談言っちゃいけませんぜ」

たしかに流行らないが、良庵はけっこう気楽に暮らしている。ときどき、立派な駕《か》籠《ご》が迎えに来ることを友蔵は知っている。長崎帰りで腕はいいから、きっと上客がいるに違いない。だから、たまに貧乏人を診《み》ても薬料を取らないのだ。

「それより、まあ、一杯やりましょうよ」

「おっ、気が利くじゃないか。ちょっと待ちな」

良庵は薬棚のあたりをごそごそして、湯のみ茶碗と小鉢を取り出す。

「なんです」

「梅干しだよ」

友蔵は小鉢を覗き込んで顔をしかめる。

「塩ふいてますね。薬臭くないですか」

「これも薬だよ。疲労に効くんだ。塩気が強いから多少の陽気でも傷まない。ちょっと前にそこの長屋の糊屋《のりや》の婆さんが夏風邪《かぜ》ひいて診てやったら、喜んでね。お礼だといって持ってきた。これ一個でそうとう飯が食えるぜ。酒の肴《さかな》にもちょうどいい」

　ふたりで酌み交わす。

「おお、こいつはいい酒だな」

「でしょ。この梅干しも見た目はともかく、いけますね」

「梅干し婆さんだけに、いい梅干しをくれた」

「ちぇっ、つまんねえ洒落《しゃれ》だ」

「洒落はまずくとも、酒がうまければ文句はない」

「ふふ、でも、あの石倉のご隠居様、酒は一滴も召し上がらないそうですね」

「煙草をすすめたら、怒鳴られた。酒も煙草も嗜《たしな》まぬ。あんな野暮《やぼ》な侍が今どきいるとはなあ。頑固《がんこ》で堅物《かたぶつ》で偉そうで、ありゃ、とてつもない変わりもんだよ」

　先生も変わりもんですけど、とは友蔵は言わない。

　良庵は煙草盆を引き寄せ、一服つける。

「俺はいい酒を飲むと、煙草も吸いたくなる」

ふうっと煙を吐く。

「酒と煙草が頭の中でこう、ほどよく混ざり合って、頭が冴《さ》えるんだ」

「ほんとですか」

「で、どうなんだ。例の敵のほうは、まったくわからないか」

「あたしだって、けっこう忙しいんですよ。それぱっかりにかかりっきりってわけにはいきませんや」

「そうだよな。仮に敵が見つかったところで、おまえ、一文にもならないし」

「別に銭のためにやってるわけじゃありませんけどね」

「あのお妙さんは別嬪だ。きっと礼を言ってくれるよ」

「へへへ」

友蔵は照れ笑い。

「で、おまえ、どうやって探してるんだ、敵を」

「そうですねえ。ちょいとついでがあれば、両国や浅草、芝居町、寺や神社、そういうところで目を光らせてはいますが、なかなか出会わねえ」

「賑やかな盛り場をうろうろか」

「敵の谷垣玄蕃って野郎は、人出のあるところにやって来る。歳は三十七、右目の下に黒子があり、なかなかの男前。身なりは裕福な商人、供をつれて盛り場を歩いてたってことだから」

「なるほど」

「捕物は地道にやるしかありません」

「地道は大事だよ。お妙さんと弟、去年の秋に江戸に出てきて、毎日毎日、盛り場を敵を求めてうろうろしてたんだ。それが未《いま》だに見つからない。一年近くも見つからないってことは」

「そいつは江戸にいないんじゃないでしょうかねえ」

「それもあるがな。たとえ相手が江戸にいたところで、そんなやりかたじゃ、見つかりっこないさ」

「え、だめですか」

「考えてもみろ。江戸は広いよ。ことに町場は盛り場でなくたって、人で溢れかえってる。俺なんか田舎もんだから、初めて江戸の町へ出てきたときは、心底驚いた。毎日祭でもやってるんじゃないかって」

「それが江戸の自慢です」

「こんなところじゃ、知り合いと待ち合わせしたって、下手《へた》するとすれ違って会えないぜ。人通りの多いところをうろうろ、きょろきょろ、だめだねえ。よほど運がよければ出くわすかもしれないが、運がなければ一生会えない」

「そんなもんですかねえ」

「それに玄蕃ってのは、裕福な商人風といってたな。裕福な商人がそう毎日盛り場をうろついたりするか。その藩士が盛り場で見たのがほんとうだとしても、その日にたまたまなにかで出歩いていただけなら、まず、盛り場で探すのは無駄ってもんだ」

「じゃあ、どうすれば。なにかいい思案がありますか」

「うん」

良庵は煙管を灰吹きに打ちつけ、さらにもう一服。

「ふうっ。おまえ、御用聞きなんだから、もっと頭を使え」

「頭ねえ」

「たとえばだ、悪事を働いて姿をくらませた悪党を捕まえるにはどうする。運に頼って盛り場をうろうろするか」

「いえ、野郎の行きそうなところを張りますね」

「そのためには」

「ふだん、その野郎がどうしてたかを調べます」

「そうだろう。盛り場をうろうろしてたって、埒《らち》はあかない。まず、敵の谷垣玄蕃がどういう男かを考えてみることだ」

「つまり」

「五年前に駿河の藩を出奔した。その際、おそらくは大金を所持している。金があれば、どうする」

「さあ」

友蔵は首を傾げる。そもそも大金には縁がない。南町奉行所の同心の旦那から小遣い程度の金をもらって手先を務めているが、せいぜい月に一分。年にして三両である。それではやっていけないので、町内の揉め事を治めたり、失せものや家出の相談に乗ったり、親父が中村座に勤めていたから、その縁で芝居小屋や芝居茶屋に顔を出してはいるが、日々の暮らしがやっとである。

「玄蕃は算用の才があったそうだ。くすねた大金を元手に、なにか商売を始める。それには、やっぱり江戸が一番だ。田舎に大金を持った男が突如現れたら、これは目立って仕方がない。上方は商売が盛んだが、よそものをなかなか受け入れない。そこへいくと、江戸は諸国から人が大勢集まってくる土地だ。成り上がりの素性をいちいち詮索はしないだろう」

「ええ。でも、こいつは国元で御用金を騙《かた》り取った人殺しですよ。たとえ武士の身分を捨てて、名前を変えていたって」

「だが、藩は面目を守るために、御用金横領を不問にした。商人を殺した押し込み強盗はだれがやったかわからない。ということは、玄蕃のやったことは同役を殺して逐電しただけ。これはたいした罪にはならない」

「ならないんですか」

「武士と武士が意地を賭《か》けての私闘となれば、真剣勝負。勝っても負けてもとくにお咎めはないよ。負けたほうは泣き寝入りだがな」

「ひでえな。それで、のうのうと江戸で」

「だからこそ、仇討ちが許されるんだが、お妙さんと小太郎さんが自分をつけ狙っているなんて、思ってもみないんじゃないか」

「そうですか」

「いや、たとえ対面して仇討ちになっても、返り討ちにしてしまえば、玄蕃は一生安泰だ。けっこう腕も立つそうだからな」

「いやな野郎だな」

　友蔵は口を歪める。

「こいつはなんとしても敵を討たせてやりてえ」

「親分。闇雲に盛り場をうろうろしたって、だめだよ。歳は三十七、右目の下に黒子があり、なかなかの男前」

良庵はぽんと煙管を打ちつける。

「そしてもうひとつ。ここ五年の間にのしあがってきた羽振りのいい商人。そう絞り込めば、少しはなんとかなるんじゃないかねえ」

「あ、ほんとだ」

「だが、それもこれも、参勤交代で玄蕃を見かけたという藩士の話だけだからな。そもそも他人の空似で見間違えることもあるだろうし、黒子なんて、よほど大きくなければ見落とす。玄蕃に商売っ気がなく、どこかの山奥に隠れて、金を小出ししてひっそり暮らしているかもしれない。道中で盗賊に襲われて、殺されているかもしれん。だが、少しでも見込みがありそうなら、成り上がりの商人を片っ端から当たってみるのが、一番手っ取り早いと思うがね」

お妙が台所で夕飯の支度をしていると、ぬうっと小太郎が入ってきた。

「なんですか。武家の男が厨房《ちゅうぼう》へなど。お行儀の悪い」

「姉上、腹が減って我慢できません。とても夕餉《ゆうげ》まで待てない。なにか食うものを」

「武士は食わねど高楊枝といいますよ」

小太郎はふうっと溜息をつく。

「姉上、そう武家とか武士とか言わないでください。今のわたしたちの境遇では、たしかにご隠居様にはご恩があります。ですが、この家にきてからというもの、姉上は女中奉公、わたしなどは毎日、湯屋の釜焚きですからね」

小太郎は肩を落とす。

「ああ、腹減った」

「仕方がないわね」

父が闇討ちにされ、母が自害したとき、小太郎はまだ十二の子供だった。五歳上の姉にすがりついて、ずっと泣いていた。

元服して、今では背丈《せたけ》もお妙よりずっと高いが、未だに、ふたりだけのときは甘えたような口をきく。

お妙はささっと握り飯をつくって、小太郎に差し出す。

「ありがたい。たしかに、わたしの今の身分は浪人ですが、武士として生まれて、毎日、朝早く湯屋に行き、汚い股引に汚いはんてん、汚い手拭いで頬被《ほおかぶ》りして、湯船を掃除し、水を汲み入れ、薪を割って、煙にむせながら釜を焚く。このまま敵が見つからなければ、姉上は一生女中、わたしは一生湯屋の釜焚きで終わってしまう」

「なにを馬鹿なことを」

「この家にいれば、食うには困りませんよ。ご隠居はちょっと怖いけど、悪い人じゃない。三助さんもへらへらしてるが親切だ。でも、こんなことで仇討ちはできるのか。まだ馬喰町の宿にいて、毎日敵を求めて江戸市中を歩き回っていたほうが、よほどましだったようにも思うのです」

「小太郎、心得違いをしてはなりませんよ。まず第一に、仕事に貴賤《きせん》はない。湯屋の釜焚きを厭《いと》うてはならぬ」

「しかし、汚い股引、汚い手拭いの頬被り」

「湯屋の釜焚きが羽織袴でもあるまい」

「それはそうなんですがねえ。なんだかみっともなくて」

武士として生まれた矜持《きょうじ》はあろう。たしかに釜焚きは不憫《ふびん》に思う。

「あなたがいやなのはわかります。汚いなりで力仕事。ですが、それしきのことで弱音を吐いてどうする。湯屋の奉公人が軽々とこなしていた仕事、武士であるあなたにできぬわけがない」

「はあ、でも、わたしは毎日疲れ果てております。湯屋から戻れば、ご隠居様相手に木剣での立ち会いと素振り」

「ご隠居様はあなたとの立ち会い、とても楽しんでおられます」

「おかげで、腹が減って腹が減って。握り飯をいまひとつ所望」

なりは大きくても、姉の前ではまだまだ子供である。

「もう、しょうがないわね」

「でも、姉上、こんなことで剣術の修行になるんでしょうかねえ」

「ご隠居様がなにゆえ、あなたに湯屋の釜焚きを命じられたか、わかりますか」

「これも修行と。どこが修行なのかはわかりませぬが」

「小太郎、あなた、このところ、前の三倍は食べるようになった」

「たしかに、宿にいたときは、路銀の心配もあり、控えていたように思います。今、腹が減るのは湯屋の釜焚きと剣術の稽古とでくたくただからです」

お妙は小太郎をつくづく眺める。釜焚きを始めてひと月にもならないが、気のせいか腕が太くなり、足腰もしっかりしてきたように見える。

「小太郎。わたしは思うのですよ。昨年に国元を出て、今日まで敵玄蕃に出会わなか

「敵に出会わぬのがなにゆえに」

「もしも玄蕃に出会っていれば、その場で名乗りをあげて果し合いになったでしょう。あなたは未熟、わたしは女子、まともに立ち会っても勝ち目はない。が、相手はひとり。ならば、わたしが命を捨てて組みつき、あなたが一気に玄蕃を突く」

「姉上」

「それでなんとかなるかと思うていたが、先日、芝居町でのご隠居様の働きには驚きました。たったひとりで五人の狼藉者《ろうぜきもの》を素手で打ち据えられた」

「はい」

「あのときに思うたのです。わたしたち二人がかりでも、玄蕃を討ち取ることは叶わぬと。ご隠居様が申されました。命を捨てる覚悟があっても、腕がなければ犬死じゃと。ですから、今のあなたは体を鍛え、腕を磨くのです」

「敵は見つかりましょうか」

「いつかは見つかる。そのときまで、湯屋の釜焚きを続けるがよい」

「はは、参ったなあ」

「夕餉の片づけが終わって、わたしが湯屋に行くと、あなたの姉と知って、亭主が礼を言います。あなたがよく働くと。おかげで店仕舞いしなくて済んだと。それで、わたしから湯銭を受け取ろうとしないので、番台の前で十文の銭で押し問答」

「ふふ、不愛想な親父さんですがね。ご隠居のことは苦手なようだ。わたしがご隠居のお供で湯に入るときも、最初は湯銭を受け取ろうとしなかった。ですが、ご隠居が怒鳴りつけましてね。湯銭はちゃんと受け取るがよい。が、小太郎には給金をきちんと払えと」

「そんなことが。なるほど、それはよい考えじゃ。ご隠居様には脇差を請け出していただいた。あなたの湯屋の給金をためて、お返し申さねば」

「ますます、汚い股引や頬被りが似合う男になりそうだ」

「それもよいかもしれぬ」

「いやだなあ」


夕暮れにはまだ間がある。

深川《ふかがわ》の岡場所近く。一軒の小料理屋。これから遊びに行く客が景気づけに一杯やるような店だ。人相の悪い町人があたりを見回し、そっと暖簾《のれん》をくぐる。

「おや、寅吉《とらきち》親分」

おかみがにっこり。

「へへ、おかみさん。今日はやけに色っぽいね。さては旦那にたっぷり可愛がってもらったね」

下卑た笑い。

「ふん、いやらしいね。旦那に叱られるよ」

「旦那は」

「二階でお待ちかねさ」

「そうかい。じゃ、上がらせてもらうぜ」

とんとんと階段をあがる。

「旦那。お待たせいたしました」

手酌《てじゃく》でちびちびやっているのは、歳の頃は三十半ば、色白の優男《やさおとこ》。

「おう、寅吉親分、駆けつけ三杯というが、酒だけはいいのを用意させてある。まあ、一杯おやり」

「こいつはありがとう存じます。おっとっと。ああ、うめえ」

「だろう」

「へい」

酒もうまいが、おかみが別嬪だ。妾《めかけ》に持たせた店で、昼間っから上等の酒を飲む。人間、金さえありゃ、なんでも好き放題だな。さすが今をときめく両替商、遠州屋《えんしゅうや》五右衛門《ごえもん》の旦那様だ。

「それに、ここだと、あたしとおまえさんがこそこそ話していても、目立たない」

「へへ、その通りで」

「ねえ、寅吉親分、あたしの商売は人に喜んでもらうことだよ。世の中には困っている人がたくさんいる。そこで手を差し伸べて人助けをする。世間から嫌われるような真似はしたくない」

なにが人助けだよ。今でこそ、下谷御成道《したやおなりみち》に両替商の看板を出してはいるが、もとは裏通りの金貸しだった。それもかなり汚い商売だ、と腹の中で思っても、寅吉はぺこりと頭を下げる。

「ほんとに、旦那のなさることはご立派です」

「世辞はいいよ。そりゃあ、困っている人を助けるが、情けは人のためならずっていうからね。自分のためにも多少の見返りはなくっちゃ。人の力になって、それで、まあ、こちらにも少しはお金が入ってくる仕組みだ」

とんでもない仕組みだ。

「ここに、今、十両という金がないと、店が潰《つぶ》れる、顔が立たない、一家離散、首をくくるしかないという人がいる。だけど、天から十両の金は降ってこない。十両盗めば首が飛ぶ世の中だよ。で、あたしが親切に金を用立ててあげる。相手は涙を流して喜ぶよ。十両で店が潰れなくてすんだ。顔が立った。一家離散しなくて仲良く暮らせる。首もくくらなくていい。ねえ。こんないいことはない」

「おっしゃる通りで」

「だけど、あたしがいくら慈悲深いといっても、貸しっぱなしというわけにはいかないだろう。そこで、まずひと月、期限を切ってお返しいただく。ひと月も経てば、向こうもなんとか立ち直って、返してくださる方も多い。そのときにお礼をいただく。ほんとはお礼なんていくらでもいいんだが、そこは決め事。一両につき、たった一分」

一分金四枚が小判一両だから、一両で月一分の利息はいくらなんでも法外だ。

「ね、一両で一分なんて安いもんだろう。この割合で十両だと礼金はひと月いくらになる」

「ええっと」

すぐにはわからず、頭をひねる寅吉。

「なんだい、わからないかい。一両で一分なら、十両で十分、つまり二両二分じゃないか」

「へい、さようです」

「つまり、お貸ししたのが十両だったら、ひと月後にお返しくださるときに、お礼の二両二分と合わせて、十二両二分をお返しくだされればいいんだ」

「さようです」

「だろう。でも、なかなかお金がつくれない。そんなときは、お礼の二両二分だけ持ってきてくれれば、十両はまたひと月、お待ちしましょうというんだ。親切だろう、あたしは」

「まったくで」

「で、またひと月、やっぱり十二両二分つくれなければ、二両二分だけでいいですよ、とこういうわけだ」

「へい」

　ということは、四月の間、元金を返せなければ、利息だけで十両払わなければならず、それでも借金の十両は残ったままだ。うまい商売もあったもんだなあ、と寅吉は唸る。

「ところが、世の中には不義理な人もいて、ひと月経っても知らん顔。お礼もなんにも寄こさないから、十二両二分をそのまま貸したことになる」

「そうなりますね」

「すると、その人は次のひと月後には、いくら持ってくることになる」

「さあ」

頭の中がぐちゃぐちゃでわからない。

「一両で一分のお礼、十両なら二両二分、十二両二分なら、十五両と二分二朱じゃないか。このぐらいは算盤《そろばん》がなくてもできる。つまりひと月なしのつぶてだったら、ふた月めには十五両二分二朱を持ってこなきゃならない。それでも知らん顔していると、今度は十九両一分二朱半」

全然返せない場合、たった三月で借りた金の倍近くに膨《ふく》れ上がる。一年もすれば、いったい何倍になるのか。途方もつかないぜ。

「あたしも他人様《ひとさま》に親切にするのに、口約束だけじゃ不安だから、証文は書いていただきますよ」

「はい、そうですとも」

「それでも、借りた金を全然返そうとしない阿漕《あこぎ》な人がいてね」

どっちが阿漕だ。

「ほんとにねえ」

「そういう人でなしの悪党をこらしめるのが、おまえさんのような御用聞きだ。そうだろう」

「恐れ入ります」

「十手《じって》を振り回して、悪党をこらしめるのは立派な仕事だが、町方のお役人からは、お手当はほとんどないんだろ」

「へへ」

「おまえさんのもうひとつの商売。お寺さんを借りて、ご開帳。これはけっこう儲《もう》かってるようじゃないか」

「飲む打つ買うは男の甲斐性《かいしょう》っていいますからね。酒好き、女好きと同じぐらい博奕《ばくち》好きはたくさんいます。そういう方々にお楽しみいただくのが、まあ、あたしのもうひとつの稼業です」

「勝負は時の運だから、勝つ客もいれば、負けるお客もいるだろう。で、負けてその場で払えない人からはきっちりと取り立てる」

「商売でございますからね」

「その腕を見込んで、あたしもおまえさんを頼りにしてるんだ。あたしがせっかく用立てたのに、お礼も言わず、お金も返してくれない人のところへ、あたしも忙しいからのこのこ出かけていって、頭をいちいち下げるわけにもいかない。そこで、おまえさんの手下《てか》が引き受けてくれる。ほんとに助かっていますよ」

「いえいえ」

「ほんとによくやってくれている。お金を返してくれない人から、家や家財道具一式を取り上げたり、おかみさんや娘さんに吉原や四宿《ししゅく》で働いてもらったり、おかげであたしの店《みせ》も大きくなって、親分、おまえさんにはほんとに感謝しているんだ」

「そんな、感謝だなんて滅相もない。あたしも充分にいい思いをさせていただいております。これも旦那のおかげ」

「うん。持ちつ持たれつ。今日、ここへきてもらったのは他でもない。あたしも町人を相手に十両二十両と小出しに貸していても、たいした儲けにならないので、今では両替屋が本業だが、以前のお知り合いからのお世話で、さるお方にお目通りしてね。商売がだんだん大きくなる。お旗本やさらにお大名相手に大金をご用立てすれば、利息は少なく押さえても儲けは大きい」

「へえぇ、そいつは豪儀《ごうぎ》だ」

「そうなると、あたしもあんまり世間から後ろ指さされるような真似もできないじゃないか。おまえさんところの若い衆、近頃、ちょっと悪さが目立つよ。暴れてただ酒飲んだり、そこらへんの娘さんを無理やり手込めにしたり、借金のかたに痛めつけるのはいいが、お上《かみ》の手を煩《わずら》わせて、手が後ろに回るような真似だけは。あっ、おまえさんが十手持ちだから、そこらあたりはうまくやっているんだろうが、ちょいと気をつけないとねえ」

「へい」

「それに、耳にした噂だが、以前、芝居町で大きな喧嘩があって、酒に酔って暴れた男たちが、どこかのおじいさんに叩き伏せられたというじゃないか。あれはひょっとして、おまえさんの手下じゃないのかい」

「わあ、面目ねえ。旦那のお耳に入るとは」

「悪さするばかりか、やられるとは情けない。そんな弱い手下じゃ、世間の笑いものだ。あたしとおまえさんの仲は、なるべく表に出ないようにしているが、世間はどこかでちゃんと見ている。おまえ、けじめをつけなきゃ、いけないよ」

博徒と御用聞きの二足のわらじ、さんざん修羅場もくぐってきた寅吉だが、遠州屋五右衛門の鋭い眼光に射すくめられ、ぞくっと背筋を凍《こお》りつかせた。

第三章　高利貸し

一

秋も半ば過ぎた頃、小太郎はふた月以上勤めた湯屋《ゆうや》の労役を解かれた。又兵衛より今後湯屋番《ゆやばん》に及ばずと告げられたときは、胸を撫《な》で下ろすとともに、一《いち》抹《まつ》の不安を感じた。

武士として生まれた自分がなぜ湯屋の釜焚きなどしなければならないのか、実のところ、いやでいやでたまらなかった。が、どんなに気が進まなくとも、小太郎は人に逆らえない性分なのだ。

湯屋の亭主は不愛想で、小太郎が士分と知りながら、遠慮なくこきつかった。もとより仇討ちの事情など伝えておらず、旗本の隠宅に縁あって居候《いそうろう》している痩《や》せ浪人の若造だぐらいに思っている。

「ご隠居様からも言われている。おまえさんには給金を払うんだ。その分はきっちりと働いてもらうよ」

小太郎は夜明け前に起きて、お妙が用意してくれた朝飯を簡単に済ませると、町内の湯屋に出向き、股引《ももひき》にはんてんという下働きの扮装に着替え、手拭いを頰被《ほおかぶ》り。

まずは亭主と女房が掃除するのを手伝う。

「なにやってんだい。隅《すみ》にごみがたまってるじゃないか。もっと丁寧《ていねい》におやり」

女房は口が悪い。

もともと湯屋は男女入り込みのところが多いが、享保《きょうほう》以来たびたび禁止のお触れが出て、ここは男湯女湯が別々になっている。若い小太郎にとって、女湯の掃除は屈辱であった。

掃除が一通り終わると釜場に水を汲み入れる。そして薪割《まきわ》り。このふたつが力仕事だが、細腕で力は出ない。

「おい、腰に力を入れないと、背中を痛めるぜ。ああ。そんなに手間かけてたんじゃや、しょうがないよ。さっさとやっとくれ」

亭主に注意されながらも、無心に水を汲み、汗びっしょりで薪を割り続けた。

釜焚きは湯加減が難しい。最初は亭主がやるのを見習い、やがて任されたのだが、煙を吸い、煤《すす》で顔が真っ黒になる。

湯が沸くと、いよいよ開店。亭主は番台に座り、あとの細々《こまごま》とした仕事は女房がやる。勤めるにあたって、又兵衛と亭主の間での取り決めがあり、小太郎の仕事はここまでである。

「ほんとは暮れ六つ（午後六時）まで手伝ってもらって、三助もやってほしいんだがねえ」

湯屋の三助というのは、洗い場で雑用を兼ねて客の背中を流す仕事である。

「おまえさんところの、ご隠居様にいつもくっついている若い衆、三助さんていうんだろ。名前がいいね。ぴったりじゃないか。閑《ひま》なとき、来てもらえないかねえ。なんなら、女湯だけでも」

もちろん、三助にそんなことは伝えていない。

半月もすれば、こつを覚えて手際もよくなり、いい人に来てもらって助かると、亭主が姉のお妙に世辞を言ったそうだ。

湯屋から戻ると軽く昼飯を済ませ、又兵衛相手に剣術の稽古。筋がいいと褒《ほ》めてくれたのは最初だけだった。

「馬鹿者っ。なんだ、その構えは。腰が入っておらん」

小太郎の打ち込みが又兵衛に触れることはない。しばしば木刀をはじき飛ばされ、びゅうっと音をたてて、鋭い一撃が額の直前で寸止めされる。

「わしが谷垣玄蕃なら、おまえはすでに死んでおるぞ」

ああ、いやだ、いやだ。

十二の歳までは、何不自由ない日々だった。

父はやさしい人で、一度も叱られたことがない。武士の子弟は陣屋内の道場に通うことになっているが、ひ弱い小太郎は道場仲間にいじめられて、剣術が嫌いになり、いつしか行かなくなった。

母からそれを聞いて、父は明るく笑った。

「いやならば、無理に行かなくともよい。おまえは剣術よりも学問が向いているようだ。その分、勉学に身を入れよ」

父は剣術が苦手で、算術で出世した。が、結局は剣ができないために、無残に斬られてしまった。

母は気丈な人であったが、お家断絶が決まると、小太郎とお妙を大伯父に託して自害した。

それが苦難の始まりである。

当時十七だった姉は、母同様の強い気質ですぐに仇討ちを願い出たが、大伯父は許さなかった。

なにしろ、小太郎がまだ十二なのだ。女子供に討手をさせるわけにはいかない。

仇討ちなど考えず、嫁に行くことを大伯父は強く勧めた。姉は美人だったので、父が殺される前までは家格が上の重職あたりからもいくつか縁談はあったが、それらの話はすべて立ち消えとなった。

武士でありながら、刀さえ抜かず、あっけなく背中から斬られて絶命するとはなんたる不覚。家名を重んじる武家は、慎重に姻戚を選ぶ。

ましてや、いくら美人とはいえ二十《はたち》過ぎると縁遠くなる。心配した大伯父は姉を自分の養女にして、しかるべきところへ嫁がせようと画策していたが、強情な姉は断固拒絶した。

小太郎とともに仇討ちを成就させ、父の汚名をそそぎ、まずは結城の家を再興。自分が嫁ぐのはその後だと。

十五になり、小太郎は前髪を落として一人前になった。姉は口を開けば仇討ち仇討ちと言っていたが、敵《かたき》の谷垣玄蕃は居場所どころか生死さえ定かではない。

元服して後も、仇討ちの件はずるずると引き延ばされた。小太郎は内心、このまま姉がどこかに嫁に行き、仇討ちなどなくなり、自分はなにか手に職でもつけて穏便に暮らしたいと願っていた。

だが、世の中はままならない。

昨年、参勤交代より帰国の藩士が、江戸で谷垣玄蕃を見たという。裕福な町人の身なりであったが、たしかに玄蕃に違いないと。

姉は狂喜し、反対する大伯父を口説《くど》き落として、とうとう主君より仇討ち免状を手に入れてしまった。

玄蕃は必ず江戸にいるに違いない。大伯父に路銀を用立ててもらい、昨年の秋、姉とふたりで国元を発った。

内気で臆病な小太郎。仇討ちなど気は進まないのだが、姉はいったんこうと決めたら、とことんやり通す性分だ。小太郎がやらなければ、ひとりでも敵を探し、敵と対決するだろう。そうなれば、必ず姉は返り討ちにあい、命を落とす。

十二のときから親代わりとして、大事に育ててくれた姉をみすみすひとりで死なせるわけにはいかない。というより、姉には逆らえない気弱な小太郎であった。

小太郎は玄蕃の顔をあまり覚えていないが、姉は決して忘れないという。江戸へ出てからは、毎日のように盛り場を歩いた。敵はほんとうに江戸にいるのだろうか。先日、国元の大伯父より届いた文によると、玄蕃の消息については、その後なにもわからないらしい。

いずれにしても、江戸は国元と違い、あまりに人が多い。こんなにも大勢の人がいて、谷垣玄蕃が紛《まぎ》れているとすれば、そう簡単にはいくまい。いや、一生見つからなければ、仇討ちをせずに済ませられる。

たとえ敵に出会ったところで、自分の腕前では本懐《ほんかい》を遂げるのは難しい。仇討ち免状をもらった以上は、敵を討たない限り帰参はかなわない。敵に出会えなければ一生を無駄にし、出会えば返り討ちで死ぬことになるだろう。

が、結局のところ、敵ならぬ隠居の又兵衛と出会ってしまい、毎日、湯屋の釜焚きと剣術の稽古である。

ああ、この先、どうなることやら。

数日前、いつものように湯屋に行き、股引とはんてんに着替えて、掃除、水汲み、薪割りと働いていると、亭主がひとりの若い男を小太郎に引き合わせた。

「小太郎さん、今度、釜焚きの見習いをすることになった留吉《とめきち》だ。仕事を教えてやってくれないかい」

留吉は歳は小太郎より三つ上の二十だった。体は頑丈で、水汲みも薪割りも難なくこなす。

「あんた、お侍さんなんだってね」

気さくに話しかけてくる。

「ただの浪人ですよ」

「ふうん、浪人も大変だねえ」

おしゃべりな男で、自分からぺらぺらと話す。葛西《かさい》の百姓の次男で口減らしのために日本橋の米屋に小僧として奉公していた。長年勤めあげて、手代に出世したのも束の間、世の中は不景気で、手堅い商売のはずの米屋の主人が博奕《ばくち》にはまって借金をこしらえ、大変なことになった。人相の悪いのが取り立てに乗り込んできて、店が潰れて一家は離散。給金も満足にもらえないまま追い出され、困っていたところを、知り合いの伝手《つて》でここの湯屋に口を利いてもらった。

「せっかくお店者《たなもの》になれたと思ったのに、また振り出しに戻っちまった」

小僧の頃から米俵を担いでいたから、力仕事はたいていできるので、よろしく頼むとのことだ。

隠宅に戻って、報告すると、又兵衛はしかつめらしく頷いた。

「うむ。かねてより、亭主に新たな釜焚きを探すよう申し伝えておったのじゃ。見つかったとあれば、ここ数日でおまえの仕事を引き継がせ、以後、出仕に及ばず」

又兵衛に命じられて日本橋田所町《たどころちょう》の友蔵の家を訪ねた三助は、目を丸くした。奥まった裏通りだが、長屋ではなく一軒家なのだ。

「へええ、友ちゃん、たいした出世だねえ」

「よせやい。御用聞きが裏長屋ってわけにもいかねえからな。まあ、汚いところだが、あがりな」

「うわ」

三助は息を飲む。

ほんとうに汚いところなのだ。一軒家には違いないが、狭苦しい上に、ごちゃごちゃと丼やら股引やら絵草紙やら、いろんなものがちらかっている。畳はささくれだって、掃除もろくにしていないのだろう。

「なんにしろ、いい家《うち》だね。おまえ、まだ独り身かい。おかみさんはいないの」

「そんなもん、いるか」

友蔵はがらくたの中から薄い座布団を引き寄せてすすめる。男やもめに蛆《うじ》がわくとはよく言ったものだ。

「おまえ、いい男なんだから、てっきり女房持ちかと思ってたぜ。餓鬼《がき》の頃は近所の娘たちが騒いでたもんなあ」

「今でも、ちっとはもてるぜ。だけど、御用聞きなんて稼業は、いつどこで悪党と命のやりとりをするかわからねえんだ。女房子があってみろ。思い切った働きができねえ」

「立派な心がけだ」

「おまえだって、立派なもんじゃねえか。お旗本の大殿様のご家来なんだろ」

「へへへ」

三助は首を振る。

「別に士分にとりたててもらったわけじゃなし。大殿様の身の回りの世話をするお役目だけどね。着物を用意したり、髭や月代《さかやき》を剃《そ》ったり、お出かけのときは、荷物を持ってくっついて、毎日、小言をくらってばかりさ」

「ずいぶんおっかないじいさんだ」

「怖いだけじゃない。強いのなんの」

「匕首《あいくち》持ったごろつきを何人も素手でやっつけたんだってな」

「俺も驚いたよ。閑《ひま》があれば、庭で木剣を振り回してるけど、あそこまで強いとは思わなかった」

「たいしたもんだ」

三助は自分が褒《ほ》められたようにうれしい。

「へへ、貫禄《かんろく》はあるし、町内でも、大殿様がぐっと睨むと、相手は尻尾《しっぽ》を巻いて逃げだすよ」

と胸を張る。

「それはそうと、三ちゃん、俺はうれしいよ。おまえとこうやってゆっくりしゃべるのも、久しぶりだ」

「ほんとだなあ」

「お互い同じ江戸にいながら、全然会わなかった。こっちのほうには滅多に来ないのかい」

「俺が日本橋の油屋で小僧をしてるときに、親父とおふくろが続いて死んじまって、そのあとは、店を辞めてあちこちふらふらしてたんだけど、橘町の長屋には、もうずっとご無沙汰だな。でも、お屋敷奉公する前は芝居はときどき覗いてたよ」

「ふうん」

友蔵は徳利と縁の欠けた茶碗を取り出す。

「なんにもないけど、まあ、一杯いこうじゃねえか」

「おっ、酒かい」

「ああ、これが茶に見えるかよ」

「じゃあ、よそう」

「なんだい。付き合いなよ。久しぶりに会ったんじゃねえか。それとも、おまえ、下戸《げこ》だったのか」

「そうじゃねえんだ。飲んで帰ったりしたら、大殿様に叱られる」

「ご隠居、全然飲まないんだっけ」

「うん、だから俺も全然」

「まあ、無理にはすすめねえよ。上方《かみがた》から戻ってきた知り合いからもらった酒なんだが」

「へえ」

「くだりものは、うめえよ。灘《なだ》の生《き》一本だ」

聞いて相好《そうごう》を崩す三助。

「へへへ」

「なんだい」

「灘と聞いちゃ、うーん、うまいんだろうね」

「残念だな」

「じゃ、ちょいと一口だけ、いただこうかねえ」

「叱られるんじゃねえのか」

「一杯だけなら、わからないよ」

友蔵は頷く。

「そうこなくっちゃ。こいつはとっておきだよ。ひとりで飲むのはもったいないと思ってたんだ」

「じゃ、一杯だけ。おっとっと」

徳利の酒を茶碗で受けて、三助はゆっくりと口に運ぶ。

「ああ、久しく飲まないから、はらわたに沁《し》みとおるぜ。さすがに上方くだりの酒は違うねえ」

「だろ。江戸の酒とはひと味もふた味も違う。さ、もう一杯いこう」

「いや、よすよ。これ以上飲んだら、酒臭いってんで、大殿様に大目玉だ」

「茶碗に一杯や二杯の酒で臭うもんか」

「下戸ってのは、酒の臭いに鋭いんだ。お屋敷にいた頃、隠れて飲んでた中間《ちゅうげん》がよく怒鳴られてたよ」

「あのご隠居が飲まないとはねえ」

「ひとかどの武士は酒なんか飲んじゃいけないそうだ」

「ほんとかなあ。昔から英雄豪傑酒を好むっていうぜ。荒木又右衛門だって、堀部安《ほりべやす》兵衛《べえ》だって、みんな大酒飲みだった」

「へへへ。そうだってねえ。うーん。じゃ、英雄豪傑にあやかって、もう一杯だけ」

三助は再び、うまそうに飲む。

「ほんと、いい酒だ。友ちゃん、おまえとこうやって飲むのは、考えてみりゃあ、初めてだな」

「そうだよ。いっしょに人形町の界隈を駆け回っていたのが、昨日のことのようだが、まだお互い餓鬼で、酒の味は知らなかった」

「俺が油屋に奉公する前だから、十四、五年にはなるな」

「おまえ、喧嘩が弱くて、いつもいじめられてたよな。いじめられても、へらへら笑って、鼻たらして」

「ちぇっ、いやなこと思い出させるない」

三助は口をとがらせて、茶碗を突き出す。

「なんだい」

「駆けつけ三杯だ」

「お、案外いける口じゃねえか」

注がれた酒をうまそうに飲む。

「だけど、いいのかい。飲みすぎると、ご隠居に叱られるんじゃ」

「たしかに大殿様は口うるさいなあ。番町のお屋敷にいた頃なんて、奉公人はみんなぴりぴりしてたよ。叱るときは容赦《ようしゃ》なしだ。馬鹿者って怒鳴られ、女中なんてしょっちゅう泣いてたもの」

「ふうん」

「酒も色事も縁のない堅物だけど、女泣かせてしょうがねえ。本所の隠居所に移るとき、お屋敷からはだれもついてこないんだ。いやがってね。口入屋で雇った女中もすぐに辞めちまう」

「おまえ、よくがまんできるね」

「俺はまあ、こういう性分だし、慣れるとどうってことないのさ。それに俺、わりと大殿様が好きでね」

「物好きな野郎だ」

「違《ちげ》えねえ。大殿様、柳島町でもずいぶんと怖がられてるよ。小言又兵衛っていえば、みんな避けて通る。だれかれなしに見境なく怒鳴りつけるからなあ」

「でも、あのお妙さんて別嬪《べっぴん》、女中代わりに働いてんだろ」

「ありゃ、よくできた人だねえ。掃除、洗濯、飯の支度、俺がやってた仕事をあらかた引き受けてくれて、きちんとそつがない。大助かりだよ。大殿様も、お妙さんには、あんまり小言はおっしゃらないねえ」

「そりゃ、別嬪にはだれでも優しいや。おまえも惚《ほ》れちゃだめだぜ」

「馬鹿言うない。お妙さんには仇討ちっていう立派な。あ、いけね」

「どうしたい」

「それで思い出したよ。俺は今日、おまえと酒飲んで昔話をしに来たわけじゃなかった」

「そうなのかい」

「大殿様の使いだった。仇討ちの相手、谷垣玄蕃って野郎の手掛かりはどうなってるか、尋ねてこいってね」

友蔵は頷く。

「そんなことだろうと思ったよ」

「もう、かれこれふた月になるぜ。なにかわかったのかい」

「敵についちゃ、俺も、うっちゃってるわけじゃねえ。良庵先生の知恵を借りて、いろいろと当たってるところさ。ここ何年かでのし上がってきた金持ちを探せっていわれてね」

「じゃあ、見込みはあるんだな」

「うん、ないこともない。まあ、長者番付でもあればいいんだが、足で探すしかないよ。日本橋、神田《かんだ》、京橋あたりの成り上がりの商人はたいてい当たったんだが、三十五、六で右目の下に黒子《ほくろ》のあるちょいといい男、これがなかなか難しい」

「よろしく頼むよ。大殿様も気になさってるから」

「だけど、三ちゃん。たとえ敵が見つかっても、ちゃんと仇討ちはできるのかい。あのお妙さんの弟だけど」

「小太郎さん」

「うん、あの人、大丈夫かなあ。俺、道端に転がってるのを初めて見たとき、てっきり死んでるのかと思ったよ。戸板に載せて運ぶ間も気を失ったままだ。力もなさそうだし、剣術だってからきしなんだろ」

「俺も心配してたんだが、隠居所へきて、間なしに町内の湯屋で釜焚きが辞めてね。大殿様、なにを思ったのか、小太郎さんに湯屋で働くように命じなさった」

「へえ。なんだい、そりゃ」

「俺もよくわからなかったんだが」

「湯屋なら、お前のほうが向いてる。名前が三助だから、いいじゃないか。女湯で背中を流す仕事は乙《おつ》だぜ。客がお妙さんならなおさらだ」

三助ぐっと唾《つば》を飲み込む。

「よせよ。変なこと考えちゃうじゃねえか。小太郎さんは洗い場はやらないんだ。水汲みと薪割り」

「ふうん」

「大殿様も、変なことやらせるなあと思ってたんだが、驚いたよ。ひと月ちょっとで、小太郎さんにみるみる肉がついてきた。近頃じゃ、見違えるようだぜ」

「ほんとか」

「若いだろ。力仕事のあとは飯をたらふく食うよ。水汲みで足腰が鍛えられるし、薪割りなんてのは、こう、上段の構えとおんなじだから」

三助は刀を振る真似をする。

「なるほど、湯屋の釜焚きで剣術修行とは、ご隠居様も考えたね」

「で、今度、湯屋に新しいのが入ったんで、小太郎さんはお役御免。今は毎日剣術の稽古だ。そうなると、お妙さんも負けちゃいない。あたしにもご指南くださいってわけで、姉と弟、ふたりを相手に、大殿様は上機嫌だよ。こりゃ、いつ敵が見つかってもなんとかなるんじゃねえかって気がしてきた」

「ふうん。じゃあ、俺も早いとこ、谷垣玄蕃を見つけなきゃなあ」

表でいきなり大きな声がした。

「友さん、大変だあ」

飛び込んできたのは若い職人風。

「おう、新太《しんた》じゃねえか。どうした」

「安《やす》さんのところへ柄《がら》の悪いごろつきが押し込んで、殴る蹴る。ひどいことしやがるんだ。俺たちじゃ手が出せねえ。助けてくれ」

「なんだと。よしっ」

さっと立ち上がった友蔵は、尻端折《しりはしょ》り、腰に十手を差した。

「俺にまかせろ」

きっと見栄《みえ》を切る。

ああ、やっぱり芝居者のせがれだけある、と三助は妙に感心した。


路地裏の十軒長屋。長屋の住人が集まり、閉め切られた一軒の様子を外から心配そうにうかがっている。

「ばっかやろう」

恐ろしい罵声《ばせい》に住人たちはすくみあがる。中では相当に恐ろしいことが起こっているに違いない。

そこへ駆け込んでくる友蔵。新太が続く。

「あ、友さん」

長屋の住人が頭を下げる。

「うん、新太から聞いたが、この中か」

「気味の悪い男がふたり、安さんところにあがりこんでね。ひどいことになってるんだ」

「わかった」

言うなり、友蔵は、大工安吉《やすきち》と書かれた腰高障子をさっと開ける。

床にうずくまる安吉を殴り、蹴り、踏みつけていた荒くれ男ふたりが、じろりと友蔵を睨みつける。

「なんでえ、てめえは」

「俺は安さんの知り合いで、田所町の友蔵ってもんだ」

「それがどうした。文句でもあるのか」

友蔵は腰の十手を突き出す。

「人の家にあがりこんで、乱暴を働くとは、穏やかじゃねえな」

「なあんだ。親分さんでしたか。へへ、こいつはどうもお見それしやした」

六尺（一八二センチ）はある赤ら顔の大男が馬鹿にしたように会釈《えしやく》する。

「おまえさんたち、ずいぶんと手荒な真似をするじゃねえか」

部屋の隅で小さくなっていた女の子が友蔵に駆け寄り、泣きながらすがりつく。

「友さん、助けて」

「おう、お花《はな》か。心配するな。泣かなくていい」

口から血を流していた安吉は友蔵に気づき、無言で手を合わせる。

「事と次第によっちゃ、おまえさんたち、番屋まで来てもらおうか」

「ひっひっひ、番屋だと」

小太りの猪面が嘲笑《あざわら》い、赤ら顔が頷く。

「親分さん、おまえさん、なにか勘違いしちゃいませんか」

「勘違いだと」

「そうですよ。あたしら、橋本町《はしもとちょう》の寅吉親分の身内ですぜ」

「えっ、寅吉親分」

「なにも好き好んでこの安吉さんをいたぶってるわけじゃありません。これにはわけがありましてね」

「そのわけ、聞かせてもらおうか」

「へい、実はね、親分さん。一年前になりますが、安吉さんがたいそうお困りなすって、今すぐ金がないと人ひとりの命にかかわるってんですよ。それで遠州屋さんの旦那が気の毒に思って、お金を用立てたんですが」

「遠州屋というと」

「ご存じありませんか。下谷御成道で両替屋をなさってる。これが親切なお方でねえ。人助けだというんで、快くお貸しなすった。ところが、安吉さん、一年経っても元金どころか、利子も一文も入れないで知らん顔だ。で、遠州屋さんがこのままじゃ、貸し倒れになる。そこでうちの親分に相談なさって、あたしらがこうして、お返し願いましょうと来たわけで。友蔵親分とおっしゃいましたね。おまえさんもうちの親分とご同業なら、事の次第はわかっていただけると思いますが」

「おい、安さん、今の話はほんとうか」

安吉は腫れあがった口で、苦しそうに言う。

「友さん、面目ねえ。去年の秋に女房が患《わずら》って、医者に診《み》せたら、高い薬で命は助かるっていうんだ。ごらんの通りの貧乏暮らし、とても薬料は払えねえが、女房助けたさに遠州屋さんに五両の金を貸してもらった。だけど、結局、女房はひと月ほどで死んじまって、その後は景気が悪くて、なかなか返せねえままだった」

「五両か。わかった。安さん、俺にまかせな。寅吉親分のお身内の方、じゃあ、あたしが五両の金、なんとかします。ちょいとお待ちいただけませんか」

「親分さん、親切だねえ。だけど、五両ってのは元金ですぜ。一年経てば利息がつきまさあ」

「うん、そうだろう。で、利息と合わせて、いくら返せばいいんだ」

「ふふ、しめて七十二両三分になります」

仰天《ぎょうてん》する友蔵。

「なんだと。五両借りて、七十二両三分」

「遠州屋の旦那は気の毒がって、今すぐ返すんなら、端数は切りすてて、七十二両にお負けするってことだ」

「冗談言っちゃいけねえ」

「なにが冗談だよ。これが証文だ。ほら、月に利が二割五分。すぐ返せなきゃ、また七十二両三分に利息がつくぜ」

証文を見て友蔵は唸った。

「うーん」

「唸ってないで、親分。おまえさん、なんとかするんだろ。まあ、無理ならしょうがねえ。その娘を連れていくよ。まだ餓鬼だが、吉原の禿《かむろ》にでも奉公させれば、まとまった金にはなる」

「年端《としは》もいかぬ娘、それればかりはご勘弁を」

と声を振り絞る安吉。

「うるせいやい」

猪面が安吉を蹴る。

「待ちな。乱暴はいけねえ」

「じゃあ、親分、おまえさんが、安吉の借金、七十二両三分を肩代わりするかい」

「さあ、それは」

「どうなんだ」

「さあ」

「さあ」

「さあ」

「さあ」

「うーん、ちょっと待ってくれねえか」

「待てねえから、俺たちが催促に来てるんだ。借金は早く返したほうが身のためだ。あとひと月もすりゃあ、七十二両三分がすぐに百両近くになるぜ。そうすりゃ、あっという間に千両にも二千両にも」

「たった五両の借金が千両に」

「証文はここに」

赤ら顔がひらひらと証文をちらつかせる。

「寅吉親分のお身内の方々、金の工面はこっちで相談して、なんとか考えてみる。いましばらく、待っちゃくれめえか」

ふたりの荒くれ男、顔を見合わせ、頷きあう。

「田所町の友蔵親分さんとおっしゃいましたね。よろしゅうござんす。お互いお上の御用を務める間柄だ。おまえさんの顔を立てて、そうだなあ、十日ばかり待ちましょう。その間に八十両、なんとかしておくんなせえ」

「え、七十二両じゃ」

「馬鹿言うねえ。今日すぐなら七十二両だが、十日日延べすりゃ、七十二両三分に十日分の利息がついて八十両だ。十日が一日でも遅れたら、八十両に一文だって欠けたら、そのときは娘はこっちでもらっていく。煮て食おうが、焼いて食おうが、好きにするぜ」

「おとっつぁん」

お花は安吉にすがりつく。

「わかった。おまえさんの名前は」

「俺は寅吉一家の熊次郎《くまじろう》だ」

「熊次郎さん、金はこっちでなんとかしよう。今日のところは引き上げてくれ」

「じゃあ、友蔵親分、頼みましたぜ」

熊次郎は安吉を睨みつける。

「おい、安吉、夜逃げだけはするんじゃねえぞ。十両盗めば打ち首獄門だ。金を返さなきゃ盗人《ぬすっと》同然。俺たちは地獄の果てまで追いかけて、寅吉親分の十手にかけて、死罪にしてやる。そうなりゃ、娘は吉原の禿なんて上等な奉公はさせねえ。岡場所の地獄に叩き売るから、そう思え」

肩をいからせて、長屋を出て行くごろつき。怖々《こわごわ》遠巻きにしていた住人を怒鳴りつける。

「馬鹿野郎っ、見せもんじゃねえぞ」

猪面がぺっと唾を吐く。

井戸端で見ていた三助、その顔を見てはっとした。

「あっ、あいつら」

二

「三助っ。貴様、飲んでおるな」

又兵衛が一喝《いっかつ》する。

「あ、いや、その」

「飲んでおるかと訊《き》いておるのじゃ」

「はい、少々」

「馬鹿者めが。こんな刻限まで、酔ってふらついておったか」

「面目次第もございません」

酒は飲んだが、たいして酔ってはいない。が、ここは素直に謝るしかないと三助、畳に額をこすりつける。

「で、敵の手掛かり、少しはわかったのか。友蔵はなんと申しておった」

お妙と小太郎も三助に注目する。

「それが、今のところ」

「わからんのか」

「はい」

「ふん、役立たずめ」

「いや、大殿様。江戸は広うございます」

又兵衛はぎろりと三助を睨みつける。

「そんなことは百も承知じゃ」

「はい。その広い江戸で、お妙さんと小太郎さんが一年近く盛り場を歩き回っても、見つからなかったんです。友蔵は御用聞き、良庵先生の入れ知恵もあり、少しは絞り込んでいるようで」

「なに」

「ここ数年のうちにのしあがってきた金持ち、それを神田、日本橋、京橋と片っ端から当たっていると申しました。その中に歳は三十半ば、右目の下に黒子《ほくろ》のある男がいれば、谷垣玄蕃に間違いないと」

膝を打つ又兵衛。

「なるほど、それはよいところに目をつけたな」

「で、ございましょう。へっへっへ」

「馬鹿、にやにやするでない」

「ええっと、わたくし、本日、帰参が遅くなりましたのは、酒に酔っていたからではございません」

「酔っておるではないか」

三助は首筋を撫でる。

「そうなんですがね。久しぶりだもんで、友蔵に無理やり酒をすすめられまして、飲んで話しておりましたら、そこへ若い男が飛び込んでまいりました」

「なんじゃ」

「これが友蔵が以前住んでおりました長屋の住人。なにやら物騒な一件で、助けを求めにまいった様子。おっとり刀で駆け出す友蔵のあとをわたくしも追いました。裏長屋にならず者が押し入り、そこの住人を殴る蹴るで」

三助は一部始終を語る。

「なんと、五両の借りが利息ともども七十二両三分とな」

「友蔵が中に入りまして、あと十日で金を工面《くめん》する。工面できなければ、やつら、娘のお花を吉原に叩き売ると」

「娘の歳は」

「まだ九つとか」

「うーん」

怒りを漲《みなぎ》らせる又兵衛。

「無法者めら。許せん」

「金は借りていて、証文も本物。利息が高いのも承知の上で、一年もの間、一文の利息も入れずに放っておいたのは安吉の落ち度です。金貸しの遠州屋には御用聞きの友蔵も手が出せません」

「ご政道も地に堕《お》ちたり」

「大殿様、金貸しの手先のならず者ふたり、わたくし、そいつらの顔を見て、はっといたしました。先日、芝居町で小太郎さんを痛めつけていたごろつきでございます」

「なに、まことか」

「六尺はある赤ら顔の男、もうひとりは小太りの猪面」

「その者どもの素性はいかに」

「橋本町の博徒《ばくと》でお上の御用も務める寅吉と申す者の手下で、赤ら顔の男は熊次郎と名乗りました」


友蔵は溜息をついた。

名判官大岡越前守《おおおかえちぜんのかみ》様がご存命ご在職なら、こんなにも悪党どもがのさばることはなかっただろうに。

思えば、暴れん坊と異名《いみよう》をとる八代将軍吉宗公と名奉行大岡越前守様が相次いで亡くなられた頃から、江戸はどうもおかしくなってきたようだ。

二十年もの間、町奉行として江戸の治安を守っていた大岡越前守忠相《ただすけ》。寺社奉行に栄転して後、異例の出世で大名となり、五年前の宝暦《ほうれき》元年（一七五一）に大御所吉宗のあとを追うように亡くなった。

もちろん、越前守の名裁き、友蔵は話でしか知らない。話でしか知らないけれど、その数々は今でも語り草となっている。

八丁堀の組屋敷に同心の小島千五郎《こじませんごろう》を訪ねた友蔵は、五両の借金が一年で七十二両三分となった一件を申し出た。

「旦那、どう考えてもおかしいです。借りた金が一年で十倍以上、いくらなんでも法外じゃありませんか」

小島千五郎は縁側に座って、庭先に控える友蔵に頷いた。

「ひどい話だなあ」

あと数年で還暦《かんれき》を迎える千五郎は、かつて定町廻《じょうまちまわ》り同心として大岡越前守の数々の名裁きを目にしており、自身もいくつかの捕物に加わった。雲霧仁左衛門《くもぎりにざえもん》や天一坊《てんいちぼう》の一件で少しは手柄を立て、越前守から目をかけられたというのが自慢である。

とっくに隠居していい頃合だが、なかなか子宝に恵まれず、ようやく長男が八歳。今は臨時廻りのお役にしがみついている。

「旦那。お上のお力でなんとかなりませんかねえ」

「だが、友蔵。その大工の安吉とやら、五両の金は借りているんだろう」

「ええ」

「証文も偽物《にせもの》じゃないな」

「そうなんですがね」

「安吉はそこに自分で自分の名を書いた」

「難しい字は書けないが、仮名《かな》ならなんとか」

「五両借りると月に二割五分の利、一両一分になるというのも知っていた」

「証文の難しい字は読めませんが、ちゃんと話は聞いたと言っております」

「うーん」

千五郎は思案する。

「たしかに利息は法外だが、だまされたわけでもなく、それを承知で金を借りたんだからな。これはちと難問だ」

「だけど、旦那。そんな途方もない利息、お上がお許しになるわけが」

「検校《けんぎょう》に五両借りれば、十日に一分だ。一年ほったらかしにして、三十両近くなる。年に七十二両三分とは、座頭金《ざとうがね》の上を行くわけだな」

「借りた連中はみんな泣いておりましょう」

「安吉というのは大工だったな」

「はい」

「不景気とはいえ、大工の手間賃は悪くないはずだ。高利を承知で借りたのなら、なぜ早く返さなかった」

「そういわれれば、しょうがないんですがね。安吉の女房が患って、その薬代に金を借りたんですが、その甲斐もなく女房が死んだんで、がっくりきたんでしょう。仕事もろくにせずに酒におぼれちまった」

「それでは安吉にも非がある。利息は法外だが、証文は本物、金もほんとうに借りていて、高利も承知している。踏み倒せば、ご定法に背《そむ》くことになる」

「そんな馬鹿な。年端もいかねえ娘が売られちまうんですよ」

「友蔵、おまえ、お大名やお旗本が札差《ふださし》から借金があることを知っているか」

「はあ」

「わしら、軽輩の御家人も台所は苦しいが、お大名、ご大身《たいしん》、お歴々となると桁《けた》が違う。禄米《ろくまい》をかたに金を借りるわけだが、利息が年に二割、あんまりだというんで、一割五分に引き下げられた。それでも、札差に千両借りると、年に利息だけで百五十両。石高、家禄は決まっているので、なかなか返せない」

「いずこも大変でございますねえ」

「大工安吉が五両の金を借りたのが、下谷の両替屋、遠州屋五右衛門と申したな」

「はい」

「その名前はわしの耳にも入っていた。阿漕《あこぎ》な金貸しで暴利をむさぼると」

「そんな野郎がのさばってたんじゃ、世も末だ」

「遠州屋だが、名のあるお大名やお旗本に融通しているともっぱらの噂だ」

「ええっ」

「お大名やご大身の方々は、お役替えには金品の付け届けは欠かせない。幕閣の重職ともなれば、祝儀不祝儀だけでも相当に物入りだが、札差には借金がたまっている。そこで遠州屋が出てくるという寸法だ」

「お大名やお旗本から途方もない利を取ってやがるとすれば、旦那、お上の力で潰すことはできないんですかい」

「無理だろうな」

「どうしてです」

「遠州屋は相手によって利息を変える。貧乏な町人からは足元を見て、検校よりも高い利息だが、主だったお大名やお旗本には、わずかな利子で期限も緩やかという。大きな声では言えないが、ご公儀のお偉方が遠州屋から金を借りているとすれば、われら町方の出る幕はない」

「そいつはひでえ。貧乏人から搾《しぼ》り取った金をお偉方にばらまいて、法外な高利に目をつぶらせる。弱きをくじき強きを助けるとは人間の屑《くず》だ。おまけに遠州屋が貸した金を取り立てているのが橋本町の寅吉ですぜ」

千五郎は眉をしかめた。

「そのようだな。北の旦那が手先に使っている」

「十手を笠に着て、手下のごろつきどもがやりたい放題です。あんなやつらが大きな顔をしていたら、あたしのような御用聞きまで世間から白い目で見られますよ」

「おまえも知っての通り、悪事を取り締まる町方の同心は南北合わせても五十人に満たない。だから、捕物にはおまえたち手先が欠かせないのだが、悪をもって悪を制すという。ならず者が御用をつとめるのも無理からぬところだ」

「寅吉の野郎、谷中の寺で無法な賭場《とば》を開いてる。これを取り締まることもできないんですか」

「町場なら、踏み込めようが、寺は寺社方の支配だ。寺社奉行大岡越前守様が亡くなられてからというもの、博徒に本堂を貸す寺が増えた。情けない話だがなあ」

わずか五年ほどで、世の中、狂っちまったのか。

「じゃあ、旦那。大工の安吉が娘を売らずにすむには」

「うん、耳をそろえて、借金を返すしか手はないだろう」


山谷堀《さんやぼり》をゆっくりと進んでいた屋形船が日本堤《にほんづつみ》に着いた。

すうっと戸が開き、頭巾《ずきん》の武士がふたり、船から降りると、すぐに若い町人が声をかける。

「お待ち申しておりました。ご案内いたします」

ふたりの武士は無言で頷き、町人のあとに続く。衣紋坂《えもんざか》の先が吉原大門《おおもん》、ふたりはあたりをうかがいながら、大門をくぐる。

まだ日も落ちないうちから、吉原はたいそうな賑《にぎ》わいである。

遊客の大半は町人だが、中には二本差しもちらほらと見える。

「こちらでございます」

町人が案内した引手茶屋の入口で、頭巾を取るふたり。ひとりは白髪頭の矍鑠《かくしゃく》とした老人。もうひとりは四十前後で目鼻立ちの整った美男である。店の者たちがそろって頭を下げる。

「これは、これは、ようこそお越しくださいました。さ、どうぞ、おあがりくださいませ」

案内の町人に代わって、手慣れた店の者がふたりの大小を預かり、二階の一室に導く。

「お待ち申し上げておりました」

座敷の下座で深々とひれ伏すのは遠州屋五右衛門である。

美男の武士は上座に着き、老武士は遠州屋の脇に控える。

「吉原とは面白い趣向じゃのう」

「お殿様、人払いをしております。芸者どもが参るまでの間、無粋《ぶすい》なわたくしの酌《しゃく》で申し訳ございませぬが、まずは一献《いっこん》」

お殿様と呼ばれた美男の武士は遠州屋の盃《さかずき》を受ける。

「この里も久しいのう」

「さようでございますか」

「ひと晩で何十両もの金がかかる。お大名でもなかなか気軽には遊べぬところ、われら微禄の旗本では、とてもとても」

「お戯《たわむ》れを」

「大名といえば、大岡出雲守《おおおかいずものかみ》様はいたくお喜びであったぞ」

「ははあ」

遠州屋は大仰《おおぎょう》にひれ伏し、脇の老武士にも一礼する。

「このたびは、お口添えいただき、ありがたく存じまする」

「拙者など、たいしたことはしておらぬ」

老武士は首を振る。

「いや、大岡様はご貴殿にもよしなにと申されておられましたぞ」

上座のお殿様に深く頭を下げる老武士。

「ありがたきお言葉でございまする」

「そうじゃ、一度、出雲守様を吉原にお招きしてはいかがか」

「おお、それはようござる。ぜひとも」

「ご貴殿はこの里でたいそうなお顔とか」

「滅相もない。老い先短い年寄り。たまにこの里をぶらぶら冷やかすのだけが楽しみでして」

「わしが西の丸に小姓《こしょう》として出仕した折、大岡出雲守様は小姓組頭をなされておられた。西の丸様が上様となられたとき、本丸に移ったのは出雲守様とそれがしだけでござった。その出雲守様が今ではお大名となられ、御側用人《おそばようにん》となられ、このほどはめでたく岩槻《いわつき》城主となられた。たいそうなご出世でござる」

老武士は頷く。

「以前、出雲守様のご親戚、大岡越前守様も町奉行から大名になられましたな。立身出世のお家筋でございます」

「それがしもあやかりたいものじゃ」

「なにをおおせられます、お殿様」

遠州屋がにやにやと銚子《ちょうし》を差し出す。

「お殿様こそ出世頭。いずれ、お大名になられる日も遠くありますまい」

「が、立身には金がかかるでな」

「さようで」

「そのほう、出雲守様にはいかほど用立てたのじゃ」

遠州屋は老武士と顔を見合わす。

「いやあ、たいしたことはできません。お祝い代わりに二千両ばかり」

「上様のお覚えめでたい出雲守様が御側用人になられたからには、この先、どれほど昇りつめられることか。先日、お祝いにうかがったが、諸方よりの品々、座敷から溢れんばかりであった」

「それはそれは」

「が、貰いっぱなしというわけにもいかんのでな。ことに目上の方からの高価な品のお返しには金がかかる。大名ともなれば、参勤交代もせねばならぬ」

「はい」

「遠州屋、そのほうの心遣い、喜んでおられたぞ」

「ありがたき、しあわせ」

「味方にとっては心強いお方ではあるが、敵にまわせば、恐ろしい。ご老中でさえ、出雲守様の顔色をうかがわれるほどじゃ。なにしろ、上様のお言葉をすんなりとおわかりになるのは、あのお方ばかり。長年お側近くご奉公いたすわしでさえ、なにをおっしゃっているのやら、さっぱりわからぬことも多い。出雲守様がひとこと、上様のおん仰《おお》せでござるとおっしゃれば、みなみな従わねばならぬ」

「拙者など、老い先短うございますれば、この先は出世とは無縁、早々に隠居を願い出て、この江戸で、面白可笑《おか》しゅうに余生をすごしたいと存じまする」

「なにを申される。ご貴殿のご高名、駿河のお大尽《だいじん》は大名よりも遊び上手との噂です

「ただの田舎じじい、お恥ずかしゅうござる」

老武士はおどけて白髪頭を扇子《せんす》でぽんと叩く。

「面白可笑《おか》しゅうに暮らすには、この者が拙者の頼みの綱でござってな。のう、遠州屋」

遠州屋は老武士に言われて、肩をすくめる。

「これは参りました。とんだ腐れ縁でございまする」

笑う一同。

「そのほう、まだまだ若い。出世を願うなら、強いお方に寄りそうがなにより肝心ぞ」

「お殿様、わたくしごときが出世など、望むべくもございませぬが、どうぞ今後ともお引き立てのほど、願わしゅう存じまする」

「ときに遠州屋」

老武士の口調が変わる。

「はい」

「近頃では町人ばかりか、御家人などにも貸しておるそうじゃが、まことか」

「お困りの方があれば、ご身分にかかわらず、ご用立ていたしております」

両手をすり合わせる。

「取り立てにはくれぐれも留意いたせよ」

「そうそう、そのことである」

上座のお殿様もぐっと遠州屋を睨む。

「先般、目安箱にそのほうが高利の金を貸し付け、手下どもが手荒な真似をするとの訴えがあった」

「ええっ、さようでございますか」

驚く遠州屋。

「上様に目安箱の訴えを読み上げるは、出雲守様やわしの役目じゃ。どうにでもなるが、借金を苦に直参が自死でもいたせば、目付が動く。そうなれば、わしとしても、押さえきれぬ」

「おそれいります」

「わしの父は有徳院《うとくいん》様（吉宗公）が将軍になられた折、紀州からつき従い、軽輩であったため、周りから足軽あがりと侮《あなど》られたものじゃ。が、父は温厚で上からも下からもだれからも好かれる人柄であったゆえ、とんとん拍子に出世した。戦国の世なれば、足軽草履《ぞうり》取りが手柄で大名、関白《かんぱく》、太閤《たいこう》にでもなれたであろうが、今は泰平。人に好かれることこそが大事である。わしも父を見習うて、上様や出雲守様にはとくに好かれるよう心掛けておる。人に嫌われるのは、なによりも出世の妨げ。そのほうも、あまり阿漕《あこぎ》な真似をして世間に憎まれぬよう、上手に稼ぐことじゃ」

「お言葉、肝に銘じまする」

「ふふ、色里で無粋な話はこれまでにいたそう」

「それがようございまする」

老武士が頷き、遠州屋は膝を叩く。

「では、芸者を呼びましょう。間もなく大夫《たゆう》も道中して参ります」

「久々に吉原泊まりといたそうかのう」

「へっへっへ、よろしゅうございますな。今をときめく主殿頭《とのものかみ》様のお相手、花魁《おいらん》もさぞ喜びましょう」

「遊里で身分を名乗るは野暮であるぞ。今宵は無礼講じゃ。旗本も陪臣も町人もない。心いたせ」

「ははあ」

頭を下げる老武士と遠州屋を見下ろし、将軍家御側御用取次《おそばごようとりつぎ》、田沼《たぬま》主殿頭意次《おきつぐ》はにやりとしながら、盃を口に運んだ。

今日も人形町の通りは人で賑わっている。

「大殿様、久しく芝居を見物しておりませんね」

「そうじゃな」

三助に言われて、又兵衛は鷹揚《おうよう》に頷く。

「中村座で菅原が当たっているようですぜ」

友蔵が、ちらっと堺町のほうに顔を向ける。

「菅原とはなんじゃ」

「天神様の芝居で、外題《げだい》が『菅原伝授《でんじゅ》手習《てならい》鑑《かがみ》』です」

この界隈を受け持つ御用聞きであり、もとは中村座の木戸番のせがれだった友蔵は、芝居に詳しい。

「ほう、道真公の芝居か」

「菅丞相が中村七三郎《なかむらしちさぶろう》、今回は団十郎の松王《まつおう》が人気です」

思えば、又兵衛が芝居好きになったのは、亀戸天神がきっかけだった。芝居町でお妙と小太郎に出会い、仇討ちの手助けをしている。その菅原道真の芝居が今、堺町で演じられているのも奇縁である。

「さようか」

又兵衛は剣術指南に夢中で、しばらく芝居町からは遠ざかっていた。

今日の又兵衛は羽織袴に二本差しで、どこから見ても古武士の風格。小者の三助、御用聞きの友蔵、若侍の小太郎を従えて、威風堂々と通りを歩いている。

この恰好で芝居見物はありえない。行きつく先は芝居小屋ではなく高砂町、榎本良庵の診療所である。

「おやおや、これはお揃いで。どういう風の吹き回しでしょうかな」

四人を迎えて、良庵はにやりと笑う。

「相変わらず、閑《ひま》そうじゃのう」

又兵衛がにこりともせずに言う。

「これはご挨拶ですな。おお、小太郎さん、すっかり元気になられたな」

「先生、その節はありがとうございます。お礼にも参上せず、申し訳ございません」

頭を下げる小太郎。

「まあまあ、おあがりなさい」

一同は内に入る。

「ご隠居様、どうやら小太郎さんの剣術修行は、身についているようですな」

「わかるのか」

「ええ、あれからふた月ほどですが、見違えました」

「そうであろう。湯屋の修行が功を奏したのじゃ」

「湯屋の修行。なんです、それは」

又兵衛はにやり。

「なんでもよい。それより今日は、おぬしに頼みがあって参った」

「わたしに。では、仇討ちの件、少しは目鼻がつきましたかな」

「敵の手掛かりは友蔵が働いておるによって、やがては知れよう」

友蔵はきまり悪そうに首筋を撫でる。

「が、今日おぬしを訪ねたのは、仇討ちの前に片づけねばならぬ事態が出来《しゅったい》いたしたのじゃ」

「ほう、それはまたどのような」

「当ててみるか」

良庵は苦笑する。

「ご冗談を。皆目《かいもく》、見当もつきません」

「友蔵、そのほうから申せ」

「承知しました」

友蔵は身を乗り出す。

「実はね、先生。あたしが以前住んでおりました久松町《ひさまつちょう》の長屋に大工の安吉ってのがおりやしてね。一年前におかみさんが患って、医者にかかったんだが、そのときの薬代が五両」

「五両だと。そいつはふんだくられたな」

「で、やっこさん、困って金貸しから借りたんですが」

友蔵は一部始終を語る。

「というわけで、元金利息合わせて七十二両三分、十日日延べするので八十両を返せというんです」

「金が金を生むというが凄《すさ》まじいな。で、返せないとどうなる」

「貧乏長屋の住人、金目のものはありません。返せなきゃ、借金の形《かた》に娘のお花を吉原に叩き売ると、こういう話です。あんまりひどいんで八丁堀の旦那にも持ちかけたんですが、証文が本物なら借りたほうにも非があるから、町方は手が出せないと」

「情けない役人どもじゃ」

又兵衛が吐き捨てる。

「なるほど。で、ご隠居様、いかがなさるおつもりですか」

「金を取り立てておるのが、寅吉と申す博徒。この者、あろうことか町方の手先も務めおる」

「二足の草鞋《わらじ》ですな」

「そこでこれより橋本町の寅吉のもとへ参り、談判いたす所存じゃ」

良庵は又兵衛の無謀さに驚く。

「ご隠居様が博徒に掛け合い、大工の借金をなんとかしろと」

「ふふ、そうではない。この手で成敗したいところであるが」

「まさか」

「ご定法《じょうほう》は守らねばならぬ。わしが掛け合うのは、大工の借金ではないのだ。先般、この小太郎が芝居町の往来で無頼《ぶらい》の者に打擲《ちょうちゃく》足蹴《あしげ》にされて手傷を負った。そやつら、いずれも寅吉の配下であることが判明いたした」

「ほんとうですか」

「はい、あたしが確かめました。熊次郎をはじめとする五人は寅吉の子分です。金の取り立てばかりか、店で銭を払わずに飲み食いして、暴れるわ。女を無理やり手込めにするわ。目に余ります」

「邪《よこしま》なる者ども、ひとり残らず叩き斬ってやりたいところではあるが、小太郎を伴ない、先日の狼藉《ろうぜき》に対し、償《つぐな》い金八十両を求めようと存ずる」

「ほう、考えましたな」

「そこでおぬしには小太郎を療治した医者として、同行願いたい」

「薬料と見舞金、博徒から八十両をせしめて、それを大工に渡して借金を払わせる。そういうわけですね」

「さよう。どうじゃ、今から橋本町へ参る。おぬしもどうせ閑であろう」

「うーん、そいつはどうかな」

首を傾げる良庵。

「なんじゃ」

「たしかに小太郎さんはひどい目にあったが、たいした傷じゃなかった。ならず者に寄ってたかって殴られ蹴られたので、恐ろしさで気を失ってはいたが」

小太郎は面目なさそうにうつむく。

「骨も折れておらず、臓腑も破れていなかった。すぐに元気になったでしょう。薬代だって、ほとんどかかっておりませんせん」

「そんなことはわかっておる」

又兵衛は良庵を睨みつける。

「おぬし、わしに同行するのか、せんのか、いずれじゃ」

「ご隠居様、相手は二足の草鞋の極道者。隠居の身とはいえ、そんな連中にまともに掛かり合っては、ご直参のご家名に瑕《きず》がつきましょう。うまく八十両をせしめても、あとでどのような難題をふっかけてくるやもしれませんぞ」

「しかし、今すぐ八十両をなんとかせねば、幼い娘が売られるのじゃぞ。出してやりとうても、隠居の身でまとまった金はない。そこで考えついたのじゃ」

良庵は煙草盆を引き寄せ、ゆっくりと煙管に煙草を詰め、火をつけて吹かす。

「悠長に煙草など」

「うーん、人間、切羽詰まるといろいろと考えつくものですねえ」

「なにをっ」

「小太郎さんとわたしを連れて、御用聞きをゆするとは」

ぽんと煙管を灰吹きに叩きつける。

「友蔵、十日の期限ってのは、いつだ」

「あと八日ですが」

「まだ間に合うな。わたしも、ひとつ思案が浮かびました」

「なに」

「やつらはご隠居様の素性を知らない。町人と思っているはずです。それがこちらには好都合だ。ふふ、ご隠居様はお芝居がお好きでしたな」

「なんの話じゃ」

「芝居は見物するのも楽しいが、役者をやるのはもっと面白いらしゅうございます」

良庵は一同を見回した。

「どうやら役者はそろっている。ここはひとつ上手に支度して、うまく金を出させましょうよ」

三

「お大尽から釘を刺されたんでね。親分、あまり手荒な取り立ては控えてほしいんだよ」

橋本町の寅吉一家の二階座敷で、遠州屋五右衛門が寅吉と密談している。

「さようですか。わざわざこんなところまでお越しいただいて、おそれいります。ですが、甘い顔をすりゃ、なめられて、なかなか貸した金は返ってきませんぜ」

「金が返ってこないのは困るが、乱暴せずに、なるべく穏便に」

「旦那、お言葉ですが、あっしの手下になってるやつらは、穏便になれない乱暴者ばかりです」

「ふふ、違いない。が、そこは少し了見を曲げて、派手な騒ぎは控えてほしいんだ。あたしとおまえさんとのつながりは、目安箱にも訴えられているそうだ。高利の貸しを博奕《ばくち》うちを使って取り立てていると。おまえさんの子分はすぐに相手を殴る蹴る、ときには匕首をふりまわしもするだろう」

「人を怖がらせるのが、あたしらの稼業ですからねえ」

「だけど、怪我人や死人が出て、町奉行所に訴えられたら掛かり合いのあたしも困る。そうなると、お大尽をはじめ、お偉方のお得意様に見限られ、ほんとに貸し倒れだし、下手すると、おまえさんだって後ろに手がまわるよ」

　寅吉は眉をしかめる。

「御用聞きが牢に入ると、罪人たちが意趣《いしゅ》返し、それは恐ろしい目にあうそうじゃないか」

「旦那がそうおっしゃるんなら、あっしも手控えるといたしましょう」

「それでこそ、親分だ。これからも持ちつ持たれつ」

「よろしゅうお願い申し上げます」

どたどたと階段を駆け上がる足音がする。

「親分、大変だ」

「なんだ、騒がしい。お客人の前だぞ」

「へい、すいません。ですが、親分、このまえ、芝居町であにきたちを叩きのめしたじじいが、因縁《いんねん》ふっかけに乗り込んできやがったんで」

「なんだと。ちっ」

寅吉は舌打ちして、遠州屋に頭を下げる。

「旦那、ちょいと取り込みのようだ。見てまいりますので、申し訳ありませんが、しばらくここでお待ちくだせえ」

のっそりと威厳を込めて寅吉は階段を下りていく。

土間の真ん中に立ち、周囲を睥睨《へいげい》しているのは町人姿の又兵衛である。派手な羽織、尻端折りに黒い股引、堂々たる恰幅は大店《おおだな》の主人というより、侠客《きょうかく》を思わせる。

そのすぐ後ろには大八車が乗り入れられ、上に真新しい早桶《はやおけ》が載っている。

大八車の脇に汚いはんてん、汚い股引、汚い手拭いで頬被りしている煤《すす》けた顔の小太郎。白い喪服で数珠《じゆず》を手にしたお妙が並ぶ。

寅吉の子分たち十人ほどが三人を取り囲むが、手出しできずにいる。

「おう、おう、縁起でもねえ。いってえなんの真似だ。人の家に物騒なもの持ち込みやがって」

ぐっと又兵衛を睨みつける寅吉。

又兵衛はにやりとした。

「おまえさんが寅吉親分でござるか」

ごろつきのうようよいる博徒一家に乗り込んで、堂々としている又兵衛の貫禄に寅吉は気圧《けお》される。

「そうとも。おめえさんは」

「わしは花川戸《はなかわど》の長兵衛《ちょうべえ》と申す」

どこかで聞いたような名前だと思いながら、

「その長兵衛さんがなんの用でおいでなすった」

寅吉は丁寧な言い方をした。

「うむ、昨日、弔《とむら》いがあっての。これより仏を荼毘《だび》にふす。その前に、仏と少しは縁のある寅吉親分に挨拶に参ったのじゃ」

「俺に縁のある仏だと」

「思い起こせば、ひと月、いや、そろそろふた月前になるかのう。芝居町を歩いておると、いきなり女の悲鳴。駆けつけてみれば、五人のごろつきが若い侍に殴る蹴るの狼藉《ろうぜき》をしておった。ごろつきどもめ、侍の連れの娘の手を引き、どこぞへ連れ去り悪さでもする様子。これは捨て置けぬと、中に入った。そやつら、それぞれに匕首を引き抜き、いきなりわしに襲いかからんといたしたが、ふんっ、ごろつき風情《ふぜい》におくれをとるわしではないぞっ」

ぐっと子分たちを睨みつける。

「わしが素手で叩き伏せると、ごろつきども、尻尾を巻いて泣きながら逃げ出しおった。あんまり弱いので、拍子《ひょうし》抜けいたしたわい」

子分たちは顔を見合わせ、懐《ふところ》の匕首にそっと手を伸ばす。

「わしが往来に倒れていた若侍を助け起こすと、口から血を流して虫の息。町の者を指図して、医者に運び入れた。医者が申すには、胸の骨が砕け、臓腑は破れ、これはもう助からぬ。が、蘭方の高価な薬を調合すれば、なんとか持ち直すやもしれぬと。若侍を医者に預け、かれこれふた月の間、高い薬を服《の》ませたのじゃ。いっとき、持ち直してなんとか助かるかと思いきや、とうとう昨日の朝にみまかり申した」

お妙が声をあげて泣く。

「仏は武州《ぶしゅう》浪人三浦門兵衛《みうらもんべえ》と申された。それなるは姉の小雪《こゆき》様。わしも行きがかりで、なにかとお世話いたし、昨日のうちに弔いをすませた。ふた月寝込んでいたが、もとはといえば、ごろつきどもの不埒《ふらち》な狼藉で命を落とした。これは立派な人殺しである。おい、聞いておるか、熊次郎」

名を呼ばれて、はっとする赤ら顔の熊次郎。

「うぬはわしを見忘れてはおるまい」

「し、しらねえやい」

「嘘を申すとためにならんぞ」

さっと匕首を抜く子分たち。

「野郎、くたばりやがれっ」

熊次郎が又兵衛に突きかかる。

又兵衛はさっとかわし、懐から引き出した十手で熊次郎の匕首を叩き落とす。

「いててて」

「おい、みんな、手を出すんじゃねえぞ」

十手に驚いた寅吉は子分たちを一喝し、又兵衛に向き直る。

「おめえさん、ご同業ですかい」

「馬鹿を申すな。わしは博徒ではないぞ。二足の草鞋は履いておらぬわ」

又兵衛は熊次郎に十手を突きつける。

「貴様、あの折、わしに申したではないか。覚えていろと」

「ううっ」

「わしも覚えおこうとこたえたぞ。貴様も、貴様も、貴様も、貴様も、その汚い面は忘れておらん」

見覚えのある顔を十手で指すと、あとの四人の子分もすくみあがる。

「今度会うときは命をもらうと申したはずじゃ」

「おい、熊、おめえ、ほんとうなのか。この長兵衛さんのおっしゃってることは」

「いいえ、親分。俺たちは、ちょいと飲んで、いい気分で歩いていたら、往来でどこぞの若造がぶつかってきやがって、生意気に侍風を吹かせやがるんで、ちょいと焼きを入れただけでさあ。人殺しなんてとんでもねえ」

又兵衛は小太郎に目配せする。

「蓋《ふた》を」

「はい」

小太郎は早桶の蓋を取り、片手拝み。

「うぬらに殺された若侍の無残な姿、見るがよい」

躊躇《ちゅうちょ》する子分たち。

「なにをしておるか」

仕方なく、早桶を覗き込む熊次郎。

中には死装束に三角頭巾、若い男のむごたらしい死骸がうつ伏している。

「どうじゃ、見覚えがあろう」

小太郎に狼藉を働いた四人の子分もそれぞれ中を見て、眉をひそめる。

蓋をする小太郎。

「花川戸の親分、事の次第はだいたいわかった」

寅吉はいきなり五人の子分を次々と殴り倒す。

「俺が日頃、あれほど堅気《かたぎ》の衆には手を出すなと言っているじゃねえか。てめえら、勝手な真似をしやがって。花川戸の。すまねえな。こいつら、きつく叱っておく。今日のところは俺の顔に免じて、許してやってくれ」

「はっはっはっは」

又兵衛は大笑い。

「寅吉親分、許してやりたいのはやまやまであるが、人がひとり、死んでおるのだ」

「じゃあ、花川戸の。いってえ、どうなさるおつもりですかい」

「殺されたのは浪人とはいえ、士分にあたる三浦門兵衛様。わしもお上の御用を務める身ゆえ、見過ごすわけにはまいらぬ。五人の下手人《げしゅにん》をひっ捕らえ、お白洲に引き出せば死罪打ち首は必定《ひつじょう》。この者ども、さらに悪事を働いておれば、石を抱かせ、逆さ吊りにし、お上のお取り調べで余罪も出よう。そうなれば、寅吉。そのほうも無事ではすまぬぞ」

「うーん」

「が、ここにおられる小雪様。弟が狼藉者に殺されたは無念であるが、これ以上罪人を作り、死人を増やしても、殺された弟が生き返るわけでなし、無理には訴えず穏便にすませたいとおっしゃるのじゃ」

「穏便にと申されますと」

「ふた月の間、南蛮渡来の高価な薬を飲ませ続けたその薬料。弔いの費用一式。それに心ばかりの香典。合わせて百両もくださいますれば、訴えはいたしませぬと申されておる」

「なに、百両だと。べらぼうめ」

「いや、別にかまわぬ。わしとしては、金が目当てではない。花川戸の長兵衛、お上の御用を立派に果たすまでのこと。仏を荼毘にふした後、小雪様を八丁堀の旦那のもとへお連れ申し、訴えの段取りをするまでじゃ。となれば、間もなく、ここへ町方より捕り手が踏み込むことになろうぞ。どうする、寅吉親分」

「花川戸の長兵衛。いい度胸だな。よし、ちょいと待ってろ」

寅吉は帳場の手文庫から金包みを取り出す。

「百両だ。持って行け」

「さすがに橋本町の寅吉、話のわかる親分じゃわい」

受け取った金包みをお妙に渡す。

「小雪様、どうぞお納めくださいませ」

「はい」

「さて、日のあるうちに、これから焼き場に行こうかのう。おい、熊次郎、今度乱暴を働くと、命はないからそう思え」

引き上げる又兵衛一行。

「おい、だれか、あとをつけろ」

「へい、心得ました」

目立たない小男がすっと出て行く。

入れ違いに入ってきたのが着流しの浪人者。長身瘦軀《そうく》で歳の頃は三十五、六。右目の下に不気味な刀傷がある。

「おい、親分、なにかあったのか」

「先生、昼間っから飲んでますね。肝心なときにいないんじゃ、困りますぜ」

「今日は谷中のご開帳はないんだろうが」

「そりゃそうなんですがね。今、花川戸の長兵衛って野郎が死人を持ち込んで、百両ふんだくって行きやがったんでさ」

「くだらん」

浪人はぶらっとまた出て行く。

二階から遠州屋五右衛門がそっと降りてきた。

「親分、今日は面白いものを見させてもらったよ」

「旦那、ごらんになってたんですか」

「階段の陰からそっと」

「面目ねえ」

「いやいや、よくやった。百両ですめば、安いもんだ。あの花川戸の長兵衛、ただものではないな。ここでお互い暴れて、血が流れたりすりゃあ、それこそ町方が黙っちゃいない。今、おまえさんが事を起こすと、あたしも迷惑だ。なにごとも穏便に金の力ですませるのがなによりだよ。そのために、日頃汗水たらして稼いでいるわけだからね」

「へい」

「で、今の浪人はだれだい」

「うちで雇っている用心棒です。黒崎《くろさき》さんといって、けっこう腕が立つんで、賭場じゃ役に立ちますが、閑だといつも飲んでるから困ります」

「うん、なかなかできるようだ。それにしても、親分、早桶の脇に立ってた女、ありゃ別嬪だった」

「たしかに」

「あとをつけさせたんだろ」

「へい」

「連中の素性が知れたら、きっと、あたしに知らせておくれ」

「いずれ尻尾をつかんでみせますが、どうなさるんで」

「あの女さ。なんとかならないかねえ」

「ほう、ご執心で」

「そうだ。おまえさんが今日損した百両、それにもう百両、合わせて二百両でなんとかしておくれ」

「あの娘を旦那のところへ連れていけば二百両いただけるんで」

「ただし、無傷で連れて来なくちゃ、鐚一文《びたいちもん》出さないよ」


翌日、又兵衛は三助を伴い、良庵を訪ねた。

「おぬしの趣向、大当たりであったぞ」

「それはよろしゅうございました。ご隠居様の立役ぶり、さぞかし見事であったと推察いたします」

「ほう、わかるか」

「はい、お顔を見れば」

「ふっふっふ。役者というのも、大変なものじゃな。わしはせりふなどは憶《おぼ》えられぬゆえ、おぬしの筋立てだけを飲み込んで、思いつくままにしゃべったが、やつら、まんまと騙《だま》されおった」

「昨日の大殿様、まるで成田屋でしたよ。度胸あるなあ」

三助が横から感心した声をあげる。

「おまえの死人の役もなかなかであったぞ」

「勘弁してください。なんであたしが死人なんです。あの役は本来小太郎さんじゃないんですか。まったく生きた心地がしませんでした。ほんとに死んでるか確かめようってんで、いつぶすりとやられるか」

「死人が生きた心地がせぬのは理に適《かの》うておる。小太郎はこのところ体格も血色もよすぎて死人に見えぬ。貧相なおまえならばこそ、死に化粧でうまく化けられたではないか」

「いやだな」

肩をすくめる三助。

「良庵、ここに十七両ある」

又兵衛が金包みを差し出した。

「なんですかな」

「寅吉からせしめた百両のうち、八十両は大工安吉の借財返済として友蔵に託した。

なんとか期限内に間にあったので、幼い娘が身売りせずに済むわい。また、三両は友蔵の口利きで両国で借りた衣裳や道具の損料。残り十七両、これを狂言作者のおぬしに受け取ってもらいたいのじゃ」

「ほう、あんな筋書きで十七両、そんなにもらえるのなら、作者冥利《みょうり》につきますな。喜んでいただきましょう。こいつは医者よりよほど儲かる。また、いつでもご用命のほど」

良庵は金を押し頂く。

「ですが、連中、このまま黙っておりませんぞ。花川戸の長兵衛だなんて、嘘はすぐにばれますよ。ご隠居の正体がわかったら、大変だ」

「そのときはまた、叩きのめしてやるだけじゃ」

「ははは、強気だなあ。昨日は無事に帰られたとは思いますが、あとをつけられたりはしなかったのでしょうか。やつらは海千山千《うみせんやません》の博徒で、しかもお上の御用を務める十手持ち。それが一番気がかりです」

「おぬしの申す通り、寅吉の手下、すぐにわしらのあとをつけてまいりおった」

「ほう、やはり」

「が、わしらは素知らぬ顔で、両国へ向かった。町人姿のわしと、喪服のお妙、大八

車を引く小太郎、早桶の中の三助。おい、三助よ。おまえが大八車を引くのは荷が重
すぎる。近頃、小太郎は膂力《りょりょく》をつけておる」
「わかりましたよ。その話はもう、ようございます」
「人で賑わう両国でも、まだつけておるのがわかったので、わしひとり引き返し、寅
吉の手下に言ったのじゃ。貴様、わしを花川戸の長兵衛と知ってつけておるのかと。
怯《おび》えて逃げようとするので、首根っこを捕まえて、脾腹《ひばら》を突くと、うめいて倒れおっ
た。それを見届け、われらは友蔵が手配いたした見世物小屋まで行き、そこで着替え
て本所へ戻ったというわけじゃ」
「なるほど、一件落着ですな。あとは大工の安吉が無事に借銭を返して、めでたし、
めでたし」
「安吉と申す大工、銭があると酒を食らうそうじゃ。酒は命取り、そんな男に八十両
を渡すわけにはいかん。そこで友蔵が安吉の名代《みょうだい》として、町方の同心とともに寅吉
のところへ金を返しに赴《おもむ》く手筈《てはず》じゃ」
「ならば、心配ありません」
「あとは、小太郎お妙の敵が見つかり、仇討ちが無事に成就すれば、わしの役目も終
わる。また、芝居見物をするのが楽しみじゃ。のう、三助」

「喜んでお供いたします」

「たしかに安吉は救われました。が、今の世の中、困っている安吉は他にもたくさんいるはずだ」

「良庵、なにが言いたいのだ」

「せっかくのご機嫌に水を差すようで、申し訳ない。しかし、寅吉という十手持ちの博徒は、所詮は金貸しに雇われているにすぎません。こそ泥が十両盗めば死罪になる世の中で、貧乏人にわずかな金を貸して、一生搾り取る阿漕な金貸しは、咎められることなしに、これから先も悪どい金儲けを続けるでしょうね」

「寅吉は遠州屋五右衛門と申す両替屋の手先じゃ。すると、良庵。おぬしはわしに遠州屋を懲《こ》らしめよと申しておるのか」

「いえ、無茶な金儲けをしているのは、遠州屋ひとりではありません。ご直参のご隠居様にこんなことを言うと、お叱りを受けるかもしれませんが、ひとり安吉だけを助けても世の中はよくならない。高利の金を借りなければ暮らしが立たない者がいることこそ、間違いなのではないでしょうか。金は大事だし、わたしも金は好きですが、金が世の中を動かしてはならない」

　又兵衛は感慨深げに頷く。

「おぬしに言われなくとも、そんなことはわかっておる。上に立つ者が金をありがたがり、正義をないがしろにする。下の者は上にこびへつらい不正に目をつぶる。今の風潮こそは、ご政道の歪《ゆが》みである」

「ほう」

「だが、良庵。わしにできることは、目の前で困っている者がいれば手を差し伸べ、目の前に間違いがあれば、立ち向かう。それだけじゃ。ひとりひとりがそう考えれば、この世は多少とも住みよくなるはずではないかのう」

　外で声がする。

「ご隠居様、こちらにおられますか」

　さっと戸が開いて、小太郎が息せき切って駆け込んでくる。

「どうした」

「姉が、姉が何者かに、連れ去られました」

第四章　仇討《あだう》ち護持院《ごじいん》ヶ原《がはら》

一

「うっ」

お妙は思わず声を漏らす。手足を縛られ座敷に転がされているのだ。

「おう、どうやら気がついたか」

下卑《げび》た男の顔が近づいてくる。

「あっ、おまえは」

「そうとも。思い出したかい。昨日の今日だ」

男は寅吉であった。

「ここは」

「地獄の一丁目だよ。といいたいところだが、俺のうちだ。おめえ、昨日、弟の早桶といっしょに来たじゃねえか。ええ、焼き場には行かなかったのかい」

「親分」

横から熊次郎がにやにやしながら口を出す。

「昨日の喪服も色っぽかったが、こうやって手足を縛られ、もがいている姿はたまりませんねえ」

「馬鹿野郎、手ぇ出すんじゃねえぞ。無傷で届けなきゃ、金は拝めねえ。へへ、ねえさん、小雪さんとか言ったねえ。どうせほんとの名前じゃあるめえ。浪人の娘という触れ込みだったが、たしかに品《ひん》はある。昨日はまんまと一杯食わされたぜ。あの花川戸の長兵衛ってじじいは、いってえ何者だ」

歯を食いしばるお妙。

「まあ、いいや。ねぐらは押さえたからな。いずれ化けの皮ひんむいて、じわじわと痛めつけ、騙《かた》り取られた百両も倍にして返してもらおう。が、まずはおめえだ。これから行くところは極楽だよ。旦那はいいお人だ。たっぷりと可愛がってもらうがいい」

寅吉はお妙の頬を撫《な》でる。

「なにをする」

　おぞましさにお妙は身をよじった。

「気の強えねえさんだ。なにもしねえよ。おめえ、果報者だ。旦那がえらく御執心でね。大枚はたいておめえを買うとさ。気に入られりゃ御《おん》の字、栄耀栄華《えいようえいが》間違いなしだ。飽きられないよう努《つと》めるんだな。旦那の機嫌を損ねると、地獄の岡場所行きだぜ」

「へっへっへ、親分」

　熊次郎は涎《よだれ》を垂らさんばかりである。

「なんでえ、熊」

「これほどの別嬪《べっぴん》が縛られてくねくね畳の上を転がってるのを見てると、あっしはもう、辛抱《しんぼう》できねえ。どうです。ここは親分とあっし、ふたりだけだ。無傷で届ける約束ですが、ちょっとぐらい味見したって、たいした傷にはなりませんぜ。ふたりで黙ってりゃ、すむ話じゃありませんか」

　寅吉はいきなり熊次郎を殴りとばす。

「いてて」

「だから、てめえはだめなんだ。あの旦那は鋭いお人だぜ。味見なんぞすりゃ、すぐにばれちまう。そうなったら金はもらえねえ。下手《へた》すると、お見限りだ。お偉方に顔のきく旦那に縁を切られちゃ、これから先、甘い汁が吸えねえや」

「へへ、勘弁しておくんなせえ」

熊次郎は首をすくめる。

「だけど、まあ、こいつは目の毒だな。早いとこ、旦那のところへ送っちまったほうがよさそうだ。なにしろ、あの店には毎日千両箱が荷車で押し寄せるというからな。引き換えにすぐ、金はくださるだろう」

「なら、あっしもここはひとつ我慢して、お宝のおこぼれで、深川あたりで済ませましょう」

「そうとも。だが、送ってくのは、おめえじゃ危なくてしょうがねえな。途中で寄り道して、悪心を起こさねえとも限るめえ」

「よしてくださいよ」

「黒崎先生はどうした」

「また、飲みに行っちまいました」

「ちっ、しょうがねえなあ。まあ、先生のおかげで、女が手に入ったんだ。深酒さえしなきゃ、できるお人なんだが。送っていくのは先生がいいだろう。途中でやつら、女を取り返しに来ねえとも限らねえや。亀《かめ》か伊之《いの》に酒屋まで迎えにやるか」

とんとんとんと階段を上る音がして、ひとりの子分が顔を出す。

「親分」

「なんだ」

「ええ、今、下に南の旦那がお見えなんですが」

「南の旦那だと。だれでえ」

「小島様とおっしゃいますが」

「ふうん。わかった」

寅吉は側にあった手拭いで、素早くお妙に猿轡《さるぐつわ》をかませる。

「ううっ」

「おい、熊、俺はちょいと下に行くが、変な真似しやがると、ぶっ殺すからな」

「変な真似といいますと」

寅吉はちらっとお妙に目を走らせる。

「とぼけるない。おい、亀公。おめえはここで、熊といっしょに女を見張ってろ。熊が女にちょっかい出さねえようにな」

「へい、承知」

亀公と呼ばれた子分は二階に残り、寅吉ひとり、階段を下りる。

数人の子分に取り囲まれるように土間に立っている初老の侍は、着流しに黒い巻羽織、二本差し、懐《ふところ》からちらりと房のついた十手が見える。市中見廻りの同心である。

その後ろに尻端折りに黒い股引の友蔵が控える。

「これは、旦那、ご苦労様に存じます。お見廻りでございますか」

「そのほう、寅吉であったな」

「へい」

「わしは南の臨時廻りをしておる小島千五郎じゃ」

「さようでございますか。あたしは北の秋山様から手札を頂戴《ちょうだい》しております寅吉と申します」

「うん。今日はな、見廻りというわけではないのだ。これに控えておるのが田所町の友蔵と申して、わしが手先に使っておる。まだ駆け出しだが、よろしく頼む」

一歩前に出て、ぺこぺこと頭を下げる友蔵。

「へへ、寅吉親分、お初にお目にかかります。お名前はようく存じ上げております。まだ青二才でございますが、田所町の友蔵、どうぞ、お見知りおきくださいまし」

「そうですかい。こちらこそ、ご同業、よろしくお頼み申します」

「実はのう、寅吉、今日は役儀で参ったわけではないのだ」

「と、おっしゃいますと」

「友蔵、おまえから話せ」

「へい。あたくしは以前、久松町に住んでおりまして、先日、知り合いの大工、安吉を訪ねました折、こちらのお身内の方がいらっしゃいまして、安吉が遠州屋さんに借金があり、その催促とか。安吉は手元不如意《ふにょい》で、すぐに返せず、そちらさまに大変ご迷惑をおかけしているとのことで、あたくしが間に入らせていただき、期限を十日延ばしていただくようお願い申しまして、今日、ご返済にあがったという次第でございます」

「ほう、さようで」

　寅吉は頷く。

「それなら、うちの若いもんから聞いております」

「はい、お借りしたお金が、利息ともども八十両とのこと。長屋の連中、大工仲間、親類縁者など駆けずり回り、かき集めまして、ようやくこしらえることができました。本来ならば安吉がお礼かたがた持参すべきでしょうが、一年も遅れ遅れになり、そちら様に合わす顔がない。そこで、あたくしが名代《みょうだい》として参った次第でございます。こちらに八十両、用意いたしました」

友蔵が袱紗《ふくさ》包みを取り出したので、寅吉は相好《そうごう》を崩す。

「それは、それは、ご丁寧にありがとう存じます。では、どうぞ、こちらへおあがりくださいまし」

入口の小座敷へあがる小島千五郎と友蔵。

「伊之吉《いのきち》、おい、旦那方にお茶だ」

「へーい」

「では、これをお納めくださいまし」

袱紗を差し出す。

「改めさせていただきます」

寅吉は小判を取り出す。

「ひい、ふう、みい、よう」

数え終わり、

「はい、たしかに」

と確認したところに、猪面の子分が盆にのせた湯のみをふたつ、友蔵と千五郎の前に無造作に置く。

「こら、伊之、ぐずぐずしやがって。その茶の出し方はなんだ。もっと、丁寧にしろ」

伊之吉はぺこりと頭を下げ、引っ込む。

「なにぶん、男所帯、がさつな子分どもで気が利かず、失礼いたします」

「なあに、かまわん」

千五郎は鷹揚に頷く。

「証文をこれへ」

「承知いたしました。遠州屋さんからお預かりしております。しばらくお待ちくださいまし」

寅吉は金を持って奥の帳場へ行き、ごそごそと証文を探し出した。

そのとき、二階で女の悲鳴。

「旦那」

「うむ」

友蔵と千五郎は顔を見合わせる。

「ちょいと失礼いたします」

あわてて二階へ駆け上がる寅吉。

座敷で横たわるお妙の猿轡がはずれており、その口を馬乗りになって押さえている熊次郎。横で亀公がおろおろしている。

寅吉は無言で熊次郎を蹴り飛ばし、お妙のみぞおちを拳《こぶし》で突く。

「うっ」とうめいて、気を失うお妙。その口に手拭いで再び猿轡をした。

寅吉は声を押し殺す。

「熊、馬鹿な真似しやがると、ぶっ殺すといったはずだ」

熊次郎も小声で応じる。

「親分、そうじゃねえ」

「なんだと」

「女が苦しそうでしてね。どうやら胸を縛ってる縄がきつすぎるようなんで、縄を少し緩めたんですが、ついでに着物の襟元も緩めようとしたら、急に暴れて、猿轡が取れちまったんで、あわてて女の口を押さえていたところで」

寅吉は熊次郎の横面を張り倒す。

「馬鹿野郎。下にいるのは八丁堀だ。静かにしねえか。仔細はあとで、ゆっくり聞いてやる」

ふたりの子分を睨みつけ、再び階段を下りる寅吉。

「寅吉、女の声がしたようだが、上でなにか取り込みか」

「いえいえ、旦那、そうじゃありません。実は嫁に行ってる娘が亭主と夫婦喧嘩して、帰ってきまして、ゆうべから泣くやら取り乱すやら、今、女房がなだめているところです。なんとかは養い難《がた》しで、お聞き苦しいところをお聞かせして、申し訳ございません。ただいま、証文をお持ちいたします」

帳場から取り出した証文をふたりに手渡す。

「どうぞ、お確かめください」

千五郎と友蔵は代わる代わる証文に目を通し、頷きあう。

「たしかに相違ない。では、間違いがあってはならぬので、これはわしが預かっておくぞ。寅吉、邪魔をしたな」

「いえ、旦那、ご苦労様にございます」

「寅吉親分、あたしもこれで肩の荷がおりました」

「友蔵さん、またなにか捕物のことで困ったことがあれば、いつでもおいでなさい。たいした力にはなれないが」

「ありがとうございます。その節はよろしゅうお頼み申します」

通油町の手前で小島千五郎と別れた友蔵は、意気揚々と良庵の診療所まで報告に来た。

「いやあ、ほっとしました。ご隠居様、無事に金は届けてまいりましたので、どうかご心配なく。たんかのひとつも切って、叩きつけてやろうかと思ったんですが、そこはそれ、昨日ご隠居様がふんだくった金ですからね。うんとへりくだって、愛想笑いを浮かべながら、返してやりました。そしたら、寅吉のやつ、うれしそうに自分の金を受け取りやがって。へへ、あたしは笑いをこらえるのが大変。おや、みなさん、どうしたんです。浮かない顔で」

「友蔵、ご苦労であったな」

又兵衛の眉間に深い縦皺が浮かんでいる。

「実は、ちょいと心配なことになってるんだ」

良庵も思案に暮れた様子である。

「へ、なんです」

「姉がいなくなったんです。どうやら何者かに連れ去られたのではと」

「お妙さんが」

「友ちゃん、それで、みんなで頭を抱えていたところさ」

大きな溜息をついて小太郎が言う。

「ご隠居様と三助さんが出かけたあと、わたしは庭で素振りの稽古をしておりました。姉は台所にいたのですが、表に物売りが来て応対に出た様子。隠居所には滅多に人は訪ねてきませんが、ときどき棒手振《ぼてふ》りが野菜や魚などを売りにきます。その直後、姉が私の名を呼びました。切羽詰まった声だったので、あわてて表まで駆けつけると、戸が開いたままになっており、姉の姿は見えず、外へ駆け出して、あたりを見回しましたが、町とはいえ淋しいところで、往来にはだれも見当たりません。何者かが物売りを装い、姉を連れ去ったのではないかと」

「そいつは大変だ。でも、いったいだれが」

「お妙さんは別嬪だ。岡惚れしたやつがいて、以前から狙っていた。たまたまご隠居と三助さんが出かけたのを見て、物売りを装い、戸を開けさせて連れ去った。あるいは」

良庵は総髪を掻き掻き言いにくそうに、

「昨日の意趣返しに寅吉一家がやったのかもしれない」

「なんじゃと。寅吉が昨日の狂言に気づいたと」

又兵衛が眉を曇らせる。

「どこまで気がついているかはわかりませんが、あとをつけて、隠居所の場所をつきとめ、お妙さんをさらって行ったかも。とすると、下手な芝居にお妙さんを巻き込んだわたしのせいでもある」

「たしかに尾行しておったが、わしが両国で叩き伏せたぞ」

「それとは別にもうひとり、柳島町までつけていたやつがいたのかもしれませんよ」

「本所は人通りもなく、寂しいところじゃ。気配があれば、わかるはずだが」

「あっ」

友蔵が叫ぶ。

「どうした」

「いえね。さっき、小島の旦那と橋本町に金を返しに行ったとき、二階で女の悲鳴のような声がして、寅吉があわてて駆け上がって行ったんです」

「なんだと」

「小島の旦那が、不審に思って問いただすと、嫁に行ってる娘が亭主と夫婦喧嘩して帰って来て、取り乱して泣き叫んでいるのをおかみさんがなだめていると。あっ」

「なんだ」

「そういや、子分が茶を出したとき、がさつな男所帯と言ってたが、なんで女房がいるんだろ」

「おい、友ちゃん、ひょっとして、お妙さんが二階に捕われているんじゃないかい」

三助は居ても立ってもいられない様子だ。

「なるほど、そうかもしれねえ」

「姉が、寅吉のところに」

「よしっ。ならば、これより救いにまいるまでのことじゃ」

立ち上がろうとする又兵衛を良庵はとどめる。

「いや、ご隠居。それはちと、まずいですぞ」

「なにがまずいのだ。捕らえられているのなら、一刻も早く」

「まずは、ほんとうにお妙さんが寅吉のところにいるかどうか、それを確かめるのが先決です。友蔵、悪いが、すぐに橋本町に引き返して、向こうの様子を探ってくれ」

「へい」

「ご隠居様、もし、お妙さんがいたとしても、今、あなたが乗り込むのは考えものだ。なにしろ、花川戸の長兵衛と名乗って、昨日、寅吉から百両の金を騙し取っている。相手は御用聞きですよ。十手をかさにお縄にされると申し開きできない。やっかいなことになる。まずはやつらの動きを見て、それから打つ手を考えましょう」

「うむ」

「じゃ、三助さんも友蔵といっしょに行ってください」

「あたしもですか」

「うん、なにかあれば、すぐに知らせに走ってほしい」


橋本町まで来た友蔵と三助、ゆっくりと立ち止まる。

「友ちゃん、様子を探るというのは、どうすりゃ」

「そうだな。寅吉一家の前に突っ立ってたりすると、いっぺんに怪しまれる。どこかで、気づかれないように。あ、ちょうどいいや。お誂《あつら》え向きに蕎麦《そば》屋があるぜ」

寅吉一家の斜め向かいにある蕎麦屋に入る。

「けっこう混んでるね」

「ちょうど新蕎麦の時期だ」

「いいねえ。俺、蕎麦は好物だから」

都合よく入口近くが空いていたので居座る。

「ここなら、向こうがよく見えるよ」

「三ちゃん、蕎麦屋なら酒も飲みたいところだが、今日はよそう」

「そりゃそうだ」

蕎麦を注文し、外をじっと見続ける。

「いるのかねえ、お妙さん」

「たぶん、いるんじゃねえか。二階で声がしたとき、寅吉、やけにあわててやがったからな」

「心配だなあ」

「ほんとだぜ。お妙さん、別嬪だろ。どら猫どもの巣窟に投げ込まれた鰹節みたいなもんだ」

「どういうことだ」

「だからさ、猫に鰹節っていうじゃないか。うようよと猫のいるところに鰹節を投げ込んだら、どうなる」

「うわあ、大丈夫かなあ」

三助は身をよじる。

そうこうするうちに蕎麦が運ばれてくる。

「いいねえ。混んでるだけあって、人気の蕎麦屋だよ。つゆの香りがなんともいえない」

「俺も蕎麦は好きだよ。やっぱり蕎麦がきより蕎麦切りだ」

外を気にしながら、ふたりは蕎麦をすする。

「おい、三ちゃん、顔を伏せな」

そこへ入ってきたのが、寅吉の手下の伊之吉と亀公。きょろきょろと店内を見回す。

「いらっしゃーい」

店の者には目もくれず、奥の座敷を覗く。

「あ、黒崎先生、こんなとこにいたんですかい」

伊之吉のだみ声が響く。

「なんだ」

奥座敷でくぐもった声が応える。友蔵と三助は耳をすます。

「このあたりの居酒屋をさんざん探したんですぜ。まさか目の前の蕎麦屋にいるとは気がつかなかった。親分がお呼びです」

「俺はもう、朝から一仕事やったじゃないか。そのご褒美《ほうび》に、気持ちよく飲んでるんだ。邪魔するな」

「親分がぜひとも先生に頼みたいと」

「そうか。仕方がないな。親分には義理がある。相手は何人だ。ひとり残らず、叩っ斬って」

「違いますよ。女を向こうに連れてくのに、頼みてえと」

「なんだ。女を連れてく」

「先方はえらくお待ちかねなんで」

「つまらん」

「そう言わずに、ねえ、先生」

黒崎を連れ出す伊之吉と亀公。

「三ちゃん」

「うん」

友蔵と三助は頷きあう。

「動き出したぜ」

あわてて蕎麦をずるずるとすすりこむ三助。

「おい、蕎麦なんか食ってる場合じゃねえぞ」

「残すのはもったいない。うっ」

三助は喉を詰めて、胸を叩く。

「言わないこっちゃない」

寅吉一家から一挺《ちょう》の辻駕籠《つじかご》が出てきた。

側には黒崎と伊之吉。

駕籠の垂れが一瞬まくれて、猿轡のお妙が顔を出そうとする。あわてて押し込む伊之吉。

「見ろよ」

「うん、やっぱり思った通りだ」

「行くぜ」

駕籠は北へ向かって進み、手早く勘定を払ったふたりはあとを追う。

「どこ行くんだろうね」

三助が心細げに問うと、

「ひょっとして、吉原かな」

友蔵は意外に冷静に応える。

「え」

「寅吉のやつ、借金が返せねえと女房や娘を吉原に売りやがる。お妙さん、別嬪だからな。高く売って、昨日の百両を取り戻す魂胆かもしれねえ」

「そいつはまずいぜ。大門をくぐったら最後、お妙さんを助け出すのは難しいよ」

「駕籠かきは雇われてるだけだ。とすると、用心棒の浪人と子分がひとり。こっちもふたり。どうだい」

「どうだいって、なにが」

「だから、俺たちふたりで助けるんだ」

「いやあ、あの用心棒の浪人、あれは強そうだよ。下手するとふたりとも斬られる」

「ちぇっ、三ちゃんは相変わらずだらしがねえなあ」

そのうち、駕籠は柳原土手《やなぎわらどて》を西に向かう。

「あ、吉原じゃなさそうだ」

「橋を渡るぜ」

「筋違外《すじかいそと》だな。御成道《おなりみち》だよ」

「あ、止まった」

駕籠は両替屋の看板の前で止まり、そのまま店の中に入る。

「あれは遠州屋かい」

「そうとも。どうやら、お妙さんは遠州屋に連れ込まれたぜ。三ちゃん、すぐに引き返して、ご隠居に知らせてくれ」

「俺がかい」

「うん、俺はここで様子を見てる。おまえ、餓鬼の頃から喧嘩になると、逃げ足だけは、やけに速かったからなあ。ひとっ走り頼むよ」

「ちぇっ」


息せき切って診療所に駆け込んだ三助。

「はあっ、はあっ、はあっ、み、水を」

小太郎が水を汲んで差し出す。

「寅吉のところにお妙さんがいたんだな」

良庵が言う。

「は、はい。下谷から駆けどおし。あれっ、先生、なんでわかったんです」

「だれだってわかるよ。おまえさんのあわてぶりを見れば。そして、お妙さんは今、遠州屋か」

「そうですけど」

「良庵、どうして遠州屋なのだ」

又兵衛が問う。

「橋本町の寅吉一家を見張っていた三助さんが、下谷から駆け戻って来た。ということは、お妙さんは今、下谷にいるわけです。下谷にはなにがあるか。寅吉が借金の取り立てを請け負っている両替屋の遠州屋です」

「なんかこじつけみたいだけど、先生、その通りです」

「だが、なにゆえにお妙が遠州屋に」

「それは、遠州屋五右衛門に会えばわかると思います」

「え」

「事は一刻を争います。ご隠居、今すぐ下谷まで行き、お妙さんを救い出さねば」

「心得た」

「まともに行っても、向こうは会おうとしないでしょう。ここはまた、一芝居打ちましょう。ご隠居は役者だから」

「また、花川戸の長兵衛か」

「いや、その趣向は道々考えるとして、まずは下谷まで」

「良庵、おぬしも」

「もちろん行きますとも。遠州屋に会えば、手札がそろいます」

まるで悪夢である。

後ろ手に縛られ、猿轡のまま、お妙は今日の一日を思い返していた。本所の隠宅でいきなり浪人に襲われ、首を絞められた。気がつくと、橋本町の寅吉一家の二階にいて、今度は猿轡をされて、駕籠に押し込まれ、ここに連れて来られたのだ。

寅吉は言っていた。騙《かた》り取られた百両の仕返しに、本所の隠宅を突き止めて、自分をさらったと。

今、横たわっている場所は薄暗く、床板は固くて冷たい。人買いに売られたのだろうか。この先、男たちに操《みさお》を汚され嬲《なぶ》りものにされるぐらいなら、自ら命を絶つしかないが、心残りは父の敵を討てなかったことである。

がちゃりと錠前の音がして扉が開き、男が入って来た。お妙は身を固くする。

「おやおや、かわいそうに。苦しくないかい」

「ううっ」

「はは、それじゃ、口はきけないね」

男は猿轡をはずす。

「おまえを寅吉から二百両で買ったんだ。ここはあたしの店の土蔵だ。おまえはもう逃げられないよ。こう暗いと可愛い顔がよく見えない」

男が格子窓の覆いを引くと、土蔵に外の光が差し込む。

「いい女になったねえ。お妙さん」

明るくなった土蔵で男に見つめられ、お妙は息を飲む。

長身の優男《やさおとこ》。右目の下に黒子《ほくろ》。忘れもしない父の敵である。

「谷垣玄蕃」

吐き捨てるように言って、お妙は血がにじむほど唇を噛んだ。

「久しぶりだねえ。だが、その名はとうに捨てた。堅苦しい武士の身分といっしょに。今の名は遠州屋五右衛門というのさ」

「おのれ」

「いやあ、驚いたのなんの。昨日、寅吉のところで、階段の陰からおまえを見て、夢かと思ったよ。まさか、江戸にいるなんて。世間は狭いねえ。とすると、早桶の中の死人は弟の小太郎か。面白い狂言を見せてもらった」

「よくも父を」

「おまえの父上、結城平右衛門さんはちょいと融通がきかないお人だった。おまけに知ってはいけないことを知ってしまわれた。だから、ああするより、仕方なかったんだよ。おまえに岡惚れして、嫁にほしいと言ったときも、すげなく断られたし。あたしは出世とは縁のない下っ端の勘定方で、相手にされなかった。好きな女を嫁にもできず、一生うだつの上がらない侍にほとほと嫌気がさして、ちょっと小金も蓄《たくわ》えたんで、江戸へ出てきた。あたしは商人に向いていたようだ。ほら、ごらん、そこに積み上げられているのは、みんな千両箱だよ。金はうなるほどある。金さえあれば、なんでも思い通りになる。大名も公儀のお偉方も、あたしのところへ頭を下げに来るんだ。どうだい、お妙さん。昔のことは水に流して、あたしの女房にならないかい。この先、一生、楽しく暮らせるよ」

「この五年、おまえを討つことだけを考えて生きてきた」

「それは気の毒に。嫁にも行かず、二十二にもなって、まだ生娘《きむすめ》かい。せっかくの女盛りがもったいない話だねえ。これからはあたしがたっぷりと仕込んであげる。憎い男に可愛がられて、随喜《ずいき》の涙を流すがいい」

「だれがおまえになど」

「あたしは、お妙さん、おまえに感謝してるのさ。おまえが袖にしてくれたおかげで、今のあたしがある。だから、おまえのことは一日だって忘れたことはない。もしもあのとき、おまえがあたしの後添えになっていたら、あたしは生涯、あの田舎の小藩で、ささやかに貧しい暮らしを送っていただろう。自分のものでもない御用金をちまちまと数えながら」

お妙はぐっと五右衛門を睨みつける。

「いいねえ。その顔。気の強いのは昔のままだ。さてと、どんな気取った固い女でも、金の力でなんとでもなるが、金でなびかない女を力ずくでなびかせるのも、乙《おつ》なものさ」

戸口で五右衛門を呼ぶ声がする。

「旦那様」

「なんだい。ここへは来るなと言ったはずだが」

「はい、それが、北の御番所からお奉行の依田和泉守《よだいずみのかみ》様がお忍びでお越しになられまして」

「え」

「折り入って内密のお話があるとかで」

「町奉行が内々にかい。じゃあ、会わねばなるまいなあ」

五右衛門はお妙に再び猿轡をかませる。

「ほんとに忙しくて、ゆっくりと女を喜ばせることもできやしない。ま、ちょっとの間、辛抱して待っておくれ」


遠州屋の奥座敷、上座にどっしりと構えて座っている頭巾の武士は、又兵衛である。横に良庵が控えている。

「これはこれは、お奉行様、このようなところにお越しいただきまして」

畳に額をすりつけんばかりに頭を下げる五右衛門。

又兵衛が頭巾を外すと、五右衛門はにやりとした。

「遠州屋、そのほう、近頃評判が芳《かんば》しくないぞ」

「はあ、それはいかような」

「両替商の看板を出しながら、高利で町人に金を貸しつけ、博徒を手先に取り立てを行うとは、不届き千万。そればかりか、幕閣に賂《まいない》を贈り、便宜を願う。町奉行として許しがたい」

「おそれいります。わたくしの不徳のいたすところでございます。では、いかがいたしますれば」

「そうじゃな。魚心あれば水心と申す。相場はいくらぐらいかのう」

「お奉行様ならば、百両でいかがでしょう」

「うむ。ぬけぬけと。それに女をひとり付けてくれぬか」

「と、申されますと」

「今日、ここへ連れて来られた別嬪じゃ」

「へっへっへ」

　五右衛門は下卑た笑いを浮かべ、がらりと態度を変える。

「やいやい、臭い芝居もここまでだ。お奉行の名を騙《かた》るとは、いい度胸だねえ。花川戸の長兵衛さん」

「やっぱりそうだったのか」

　五右衛門のその言葉に良庵は頷く。

「このご隠居が花川戸の長兵衛だと言い当てたのは、昨日、あんたも寅吉一家にいたからですね。寅吉の手下が今日、お妙さんをさらい、今度はここへ連れ込んだ。なんでそんなまどろっこしい真似をするのか。それで、たぶんそうじゃないかと思ったんですよ。あんたはお妙さんにやけにご執心だ。どうしてか。そこで、あんたの顔を拝むために、ご隠居に今度は町奉行の役を振り当てたんです。あんたの人相はお妙さんからよく聞かされていましたのでね。すぐにわかりましたよ。その目の下の黒子。谷垣玄蕃さん」

あっと驚く又兵衛。

「そうであったか」

「なんだい。そっちが役者が一枚上手《うわて》かい。いかにも、あたしは昔、そんな名を名乗っていたが、今は堅気《かたぎ》の商人《あきんど》だよ」

「では、お妙さんを返してくれますか。遠州屋五右衛門さん」

「いやだと言ったら」

「あんたの旧悪が暴かれます。五年前、お妙さんの父親を闇討ちし、藩の金を横領、国を出奔するときに行きがけの駄賃に商家に押し込み、亭主を殺して金を奪った。人殺しで盗人だ。その金で汚い金貸しを始めて身代を築いた。表沙汰になれば、まず信用はなくなる。それればかりか、町奉行所に捕らえられ、本物の依田和泉守から吟味を受け死罪獄門、あるいは駿河安部藩松平家に引き渡されて処刑。そうなりゃ、借金は棒引きで町中が大喜びだ。町人だけじゃない。あんたから金を借りてる大名、旗本も胸を撫で下ろす。蔵の中の千両箱はお上と松平家で山分けとなりますかな」

「おまえさん、面白いことを考えるねえ。でも、あたしは商人なんか殺しちゃいませんよ」

北叟笑《ほくそえ》む五右衛門に、良庵は一瞬だけ戸惑いの表情を見せた。

「ほう」

「汚い金貸しというけれど、あたしはご定法に則《のっと》って商売をしている。だれからも後ろ指なんて指されない。たしかに以前、国元で人を斬ったことはある。が、それはお互い意見の食い違いがあっての果し合いでね。あたしのほうが武芸に優れていたので、気の毒だが相手は死んだ。そのためにあたしは武士を捨て、国を捨てた。藩の金を横領したとか、商家に押し入ったとか、根も葉もない言いがかりだ」

「なにをっ。盗人猛々《たけだけ》しい」

「まあまあ、ご隠居」

良庵は怒る又兵衛を宥《なだ》める。

「じゃあ、遠州屋さん。どうしてもお妙さんを返してくれないと」

「あの女は、あたしが大枚二百両で寅吉から買ったんだよ。煮て食おうが焼いて食おうが、好きにするさ」

「なら、仕方がない。お妙さんの弟の結城小太郎が、すぐに小石川《こいしかわ》の松平家へ走って、今をときめく大商人の遠州屋五右衛門が五年前に出奔した谷垣玄蕃だと訴えます。すると、上意討ちにはならないまでも、松平家からあんたは取り調べられる。それは困るでしょう。実はこっちには切り札がありましてねえ」

「なんだい」

「ふふ、そこでひとつ、取り引きをしませんかな」

「取り引きだと」

「あんたは商売人だ。物事を損得で考えるでしょう。この取り引きはお互い損がないと思いますがねえ」

「ほう、一応は聞くだけ聞かせてもらおう」

「その前に、話にはお妙さんも加わってほしいので、ここに連れてきてください」

五右衛門は頭の中で算盤《そろばん》をはじく。

「わかった。面白そうな話だ。おまえさんたちとお妙のかかわりも知りたいし」

立ち上がろうとする五右衛門に、

「おっと、あんたが直《じか》に行ってはいけない。奉公人に連れてこさせなさい」

と良庵が声をかけた。

「用心深いねえ。いいよ」

五右衛門は番頭を呼ぶ。

「土蔵の中の例のものを、これへ」

「承知いたしました」

後ろ手に縛られ、猿轡のお妙が座敷に入るなり、又兵衛のもとに駆け寄る。

「お妙、大事ないか」

又兵衛は猿轡と縛《いまし》めを解く。

「ご隠居様」

「さ、取り引きとやらを聞かせてもらおうか。おまえさんたちの切り札も。納得できれば、女は返す。納得できなければ」

襖《ふすま》が開いて、浪人の黒崎が立っている。

「お互いここで血の雨が降る」

「わかった。じゃあ、話しましょう。遠州屋さん、あんたは五年前にここにいるお妙さんの父、結城平右衛門を斬った。それは認めますね」

「さっきも言ったように、果し合いであたしが勝ったのさ」

「卑怯《ひきょう》な」

お妙が睨みつける。

「まあまあ、そこでだ。お妙さんと小太郎さんは、松平家から仇討ち免状を貰っています」

五右衛門は顔をしかめる。

「なるほど、それが切り札か」

「不倶戴天《ふぐたいてん》の父の敵」

「松平家と町奉行所に届ければ、今すぐ仇討ちとなる。正式の免状だからあんたは断れない。どうでしょうね。遠州屋さん、あんたの正体はわかってしまった。仇討ちに応じてくれませんか。討たれてくれとはいわない。勝負は時の運だ。正式に場所と時を決めて、お互い戦う。町奉行所と松平家とから役人に立ち会ってもらう。あんたが勝てば立派な返り討ちだ。二度と敵としてつけ狙われることはないし、武士としては名誉なことです。昔の押し込みや横領の噂も帳消しになる。今後の商売にも役立ちますよ」

「なるほど。で、あたしが負けたら」

「そのときは、亡き平右衛門さんの汚名が雪《そそ》がれ、小太郎さんとお妙さんの帰参が叶い、結城家は再興」

「あたしが勝てば、この先堂々と商売繁盛で、松平からねじこまれることもなく、枕を高くして眠れる。そっちが勝てば、あのなにもない田舎で小太郎とお妙が細々とつまらない余生を送る。うん、悪い取り引きじゃなさそうだ」

「でしょう。それとも、今すぐここで決着をつけますか」

刀に手をかける黒崎。

五右衛門はしばし思案する。

「花川戸の長兵衛さん、おまえさん、強そうだ。あんたをここで斬るには、うちの奉公人が大勢死ぬことになるな。いいだろう、後日ということで。仇討ちに乗ったよ」

「話のわかる人だと思っていました」

「長兵衛さん、おまえさん、助太刀するんだろうね」

「義によって」

「なら、こっちも助太刀を頼むが、いいかい」

「もちろん」

「黒崎先生、お聞きの通りだ。お願いできますかね」

「面白そうだな。しばらく人を斬ってないんで、うずうずする」

「へへ、そうと決まれば、早いほうがいい。五日後ってのはどうだい」

「よかろう。こちらはいつでも支度はできておる。五日後の午《うま》の刻《こく》（正午）にいたそう」

「どうせなら、派手にやろうじゃないか。遠州屋五右衛門がどれだけ強いか世間に見てもらおう。人が大勢集まるところ。場所は護持院ヶ原ってのはどうだい」

「いいでしょう。決まりだ。五日後の午の刻、護持院ヶ原。お妙さん、いいですね」

「異存ありませぬ」

「では、遠州屋さん。お妙さんは連れて帰りますよ」

「いいけど」

五右衛門は未練がましくお妙を見る。

「もうひとつ、承知してもらいたいことがあるんだ」

「なんでしょう」

「あたしは女は斬りたくないよ。この仇討ち、お妙さんは加わらないで見物だけにしてほしい」

「なにを言う」

又兵衛が五右衛門を睨む。

「いやなら、いいよ。仇討ちは取りやめだ」

「お妙、よいか」

「はい、ご隠居様。承知いたします。女の身では足手まといになるだけと思うておりました」

「もうひとつ」

「まだあるのか」

「あたしが勝ったら、お妙さんをもらって好きにする。なにしろ、二百両払ってるんだ。どうだい。いやなら今ここで血の雨が降るだけさ。あたしはどっちでもいいんだよ」

二

「馬鹿者っ」

又兵衛の一喝に小太郎は身をすくませる。横でお妙がはらはらと見守っている。

座敷に正座して、又兵衛は抜かれた刀身の状態を確かめている。

「小太郎、最後に手入れをしたのはいつじゃ」

「ええっと、実は、一度もありません」

「そんなことだろうと思ったわい」

「申し訳ありません」

横からお妙が頭を下げる。

「父の形見で小太郎は肌身はなさず大切にしておりましたが、手入れには考えが及ばず」

「おろかな。どんな名刀も手入れをせねば、ただのなまくらじゃ。敵どころか大根も切れぬわ。刀は武士の魂であるぞっ」

「わたしは」

小太郎の目から涙が流れる。

「わたしは、仇討ちなどしたくはありません」

「なにを言うか」

「わたしは死にたくない。今まで、ずっと我慢してきた。結城家再興を願う姉のためにも。でも、やっぱりいやだ。仇討ちなんて」

「仇討ちこそ、武士の誉れじゃ」

小太郎は涙をぬぐって、又兵衛を見据える。

「ご隠居様。世の中の人間はみんな、ご隠居様のように強くもなく立派でもありません。たいていは、弱くて、つまらなくて、それでも一所懸命に生きているんです。あなたは、ご自分といっしょのように強くなければ、立派でなければ、頭ごなしに叱りつける。わたしは弱い人間です。人と刃《やいば》を交えるなど、とてもできません」

「三助、おるか」

「はーい」

廊下から顔を出す三助。

「刀を手入れいたす。道具をこれへ持ってまいれ」

「かしこまりました」

「うん、これはなかなかの名刀じゃ。錆《さ》びてもおらず、刃こぼれもない。お父上の形見と申したな。お父上も一度も抜かれなかったのかもしれぬ」

三助が持ってきた道具を広げる。

「柄《つか》も鍔《つば》もしっかりしておる。研ぎに出すまでもない」

又兵衛は手入れを始める。

「武士は滅多に刀を抜かぬものじゃ。いったん抜けば、相手を討つか、自分が死ぬか、その覚悟がなくては、抜くべきではない。抜かずにすめば、それに越したことはないのだ。のう、小太郎。おまえは死ぬのがいやだと申したな」

「いやでございます」

「少しは修行もしたが、おまえの剣の腕前はまだまだ未熟。玄蕃は少しはできるようじゃ。まともに立ち会えば、力の差は歴然、おまえは必ず負ける」

「ええっ」

必ず負けると言われて、小太郎をはじめ、お妙も三助も驚く。

「初めておまえたちに会った日、わしは仇討ちなどやめろと言った。いくら命を捨てる覚悟があっても、腕が未熟なら犬死じゃと。憶えておるか」

「はい」

「小太郎。今のおまえは、あの日のおまえではない。おまえに命を捨てる覚悟があれば、玄蕃を討つこと、叶わぬでもない」

「ご隠居様」

「考えてもみよ。いくら死ぬのがいやだと申しても、人はだれでも一度は死ぬ定めじゃ。諸行無常《しょぎょうむじょう》、明日をも知れぬ。病に倒れる者、火事や地震に巻き込まれる者、水に溺れる者、人に殺される者、飢えて死ぬる者。無事になにごともなく、どんなに長生きしたところで、やがて死は訪れる。老いも若きも男も女も武士も町人も、いずれはみんな死ぬ。おまえにはただひとつ、生きたいという欲がある。その欲を捨てれば、玄蕃に勝てるぞ」

手入れを終えて、刀を鞘《さや》に納める。

「一方、玄蕃は煩悩《ぼんのう》の塊《かたまり》じゃ。金に執着し、力ある者にすりより、身分や名前にこだわり、色を好む。おまえが果し合いで負ければ、姉上は玄蕃に蹂躙《じゅうりん》される」

お妙がうつむく。

「小太郎、おまえはただひとつの欲を捨てればよいのじゃ。これより、玄蕃に勝つ技を伝授いたそう。刀を取って庭へ出よ。三助、台所から大根を一本持ってまいれ」

しばし後、庭で刀を上段に構える小太郎。たった一度の人生と思い定めたのか、小太郎の瞳に鋭い光が燃えている。

「よし。その構えのまま、決して動くでないぞ。玄蕃は助太刀を何人か雇っておろうが、おまえは他の者に惑わされず、ただ玄蕃ひとりを見ておればよい。助太刀が何人いようと、それはすべてわしが斬り捨てる」

「はい」

「その構えはどこから見ても隙《すき》だらけじゃ。玄蕃はおまえの技量を知らぬ。よほど未熟で隙があるのか、あるいはわざと隙を見せているのか、ためらうであろう。おまえが不動なら、向こうは見切りをつけて斬り込んで来る。以前、湯屋での薪割りを思い出せ。玄蕃は薪じゃ。薪が目前に迫ったら」

又兵衛は手にした大根を小太郎に投げつける。

一瞬にして刀を振り下ろす小太郎。ふたつに切れた大根が地面に転がる。

「ご隠居様」

「うむ。その呼吸を忘れるな。薪割りはだてにやっていたわけではない。わしが教えることはこれまでじゃ。あとは運を天にまかせるばかり」

呆然とする小太郎にお妙が言う。

「小太郎、父の形見はなまくらではありませんね。見事に大根が切れました」


仇討ちが行われることは、江戸中に知れ渡った。

「さすがは遊びなれた駿河のお大尽、よい酒を存じておられる」

柳橋《やなぎばし》の贅沢な茶屋で田沼主殿頭は盃を口に運んだ。

「主殿頭様のお口に合いますかな」

白髪の老武士が微笑む。

「わしの好みの銘柄が饗応《きようおう》というのをご存じじゃ」

「恐れ入ります」

「ときに、このたびの仇討ち、大層な前評判。護持院ヶ原はわが屋敷からも近い。その日はお役目があり、上様のお側を離れられず、見物できぬとは、ちと残念じゃのう」

「急なこととて、それがしも驚いております」

「ご貴殿はどちらが勝つと思う」

「勝敗は時の運、いずれが勝運を得ますやら」

「では、いずれに勝たせたいかな」

頭をひねる。下手に応えて相手の機嫌を損ねるわけにはいかぬ。

「世俗の情でいえば、敵は討たれるべきでありましょうが、それがし、いずれにも加担いたしかねまする。あろうことなら、無益な仇討ちなどなければよいと思うておりました」

「討手の素性は」

「結城小太郎と申し、五年前に父を討たれ、江戸でこのほど敵の谷垣玄蕃、すなわち遠州屋五右衛門に巡り会うたとのこと」

「その者、腕はいかほどじゃ」

「まだ十七の小童《こわっぱ》で、未熟でございます」

「では、勝算は遠州屋にありか」

「そうとも限りませぬ。結城小太郎には後ろ盾がございます」

「ほう」

「石倉又兵衛と申す直参の隠居で、もとはご公儀の御書院番を務めており、腕は相当にできるとか。この者が助太刀をいたしましょう」

「もと御書院番、石倉又兵衛とな」

主殿頭はしばし考え込む。

「その名に覚えがあるぞ。城中でだれかれなしに叱りつける武骨者。あだ名を小言又兵衛。上様が西の丸から本丸に移られたとき、わしは小姓であったが、ささいなことで小賢《こざか》しく、わしに注意する者あり、わしも若かったゆえ言い返した。しばし睨み合いになっての。出雲守様がすぐさま上様に言上《ごんじょう》なされ、石倉はお役御免となった」

「又兵衛をご存じでございましたか。今は本所に引きこもっておりまする」

「ふふ、あの小言又兵衛が討手に加勢とは。で、遠州屋に味方する者は」

「金で雇いましょう」

「士道はすたれたといえども、剣の名手が金に動くであろうか」

「さて、そこは万事金の世の中でございますれば」

「となれば、又兵衛に分が悪いかのう。それにしても、このたびの仇討ち、派手に広まったものじゃ」

「遠州屋が自ら広めておるようで」

「はて、狙われる敵がなにゆえ」

「江戸の町人は噂好きでございます。もう何年も仇討ちなどございませぬ。護持院ヶ原はご公儀の火除《ひよ》け地ではありますが、ここならば、見物も大勢集まりましょう。庶民は事《こと》の是非よりも、強いものを称賛いたします。遠州屋は見事返り討ちを果たし、名を上げんとの所存かと」

「返り討ちで名を上げる。商人と思うておったが、まだ武士を捨てきれぬのか。勝ったところで、所詮は悪名が広まるばかりじゃ」

「主殿頭様はどちらが勝つとお思いですか」

「小言又兵衛はあの当時、武芸百般といわれておったが、もう若くはなかろう。遠州屋は近頃、少々増長しておるようじゃ。出雲守様も気にしておられた。出る杭《くい》は、ふふ」

主殿頭はうまそうに盃を飲み干す。

「いずれが倒れても、面白い。見物できぬのは、ますます残念である」

「それがし、とくと見てまいりまする。出る杭を打つよい折かもしれませぬな」

ああ、いよいよ、明日だよう。

三助はわくわくする。自分が仇討ちに出て斬り合うわけではないのだが、この数日は興奮して夜になかなか寝付けないほどだった。

それにしても、良庵先生には驚いたなあ。

又兵衛と良庵がお妙を救い出すために遠州屋に乗り込んだ。良庵はあのとき、すでに遠州屋が谷垣玄蕃であることを予想していた。そして、舌先三寸で相手を丸め込み、お妙を救い出すばかりか、仇討ちまで段取りしてしまった。

又兵衛だけなら、あそこで血の雨が降り、みんな無事ではなかったかもしれない。

大殿様も強くてすごいが、あの先生には驚かされるよ。それにしても、お妙さんは気の毒だなあ、とも思う。

五年の間、それだけを支えにして生きてきた仇討ち。ようやく敵の玄蕃が見つかったというのに、仇討ちには加われず、脇で見ているだけなのだから。おまけにこちらが負けたら、玄蕃のものにならなければならない。

これはどうしても、小太郎を勝たせたいと祈るばかり。

「三助、湯にまいるぞ」

「はい」

「最後の夜になるかもしれぬ。小太郎もお妙も湯屋に同道いたせ」

夕暮れ近くの町内の湯屋は空いていた。もちろん、お妙は女湯へと別れる。

男湯には先客が三人ほど湯舟にいるだけだった。

三助は又兵衛の背中を流す。横の小太郎も見違えるように立派な体格になった。

「おい、金《きん》ちゃん、明日、護持院ヶ原で仇討ちがあるだろう」

「そうだってねえ」

湯舟の男たちがしゃべっている。

「俺、仕事休んで見に行こう」

「面白そうだなあ」

「なんだい、仇討ちって」

「あれ、源《げん》公、おめえ知らねえの」

「だれか、仇討ちするのかい」

「そうとも。五年前にさる家中で、果し合いがあってね。強いほうが勝ったんだけど、
その侍、国を捨て、殺した相手の菩提《ぼだい》をとむらってたんだが、江戸へ出てきて、人助

けをいろいろしてたら、商売が当たって、今じゃ金持ち。そこへ殺されたほうのせがれがやってきて、父の敵ってんだ。でも、相手が金持ちだとわかったとたん、金を出せば、命は助けてやるって言うんだよ。で、金は惜しくないが、金で命乞いしたと思われては男の意地が立たない。そこで明日、護持院ヶ原で果し合いってんだけど、おめえ、知らねえかい」

「馬鹿者どもっ」

又兵衛が怒鳴りつける。

「ひえっ、小言又兵衛だ」

「いやだねえ」

「出よう、出よう」

先客は帰っていく。

「つまらぬ噂をしおって」

「でも、大殿様。ずいぶんと話が違ってますねえ」

三助は目を丸くしている。

「ご隠居様、おそらく、玄蕃が自分に都合のいい噂を流しているのではないでしょうか」

小太郎は悔《くや》しげに言い放つ。

「さよう。どこまでも汚いやつじゃ。が、それこそが命取りになるぞ。汚いやつには汚い死があるのみじゃ」

湯から出ると、すでに番台で亭主とお妙がなにやらしゃべっている。

「今日はみなさん、おそろいですな。うちは入り込みでなくて残念」

お妙が顔を赤らめる。

「軽口はたいがいにいたせ」

又兵衛に睨みつけられ、湯屋の亭主は首をすくめる。

夕暮れの町内を四人でぶらぶらと歩いていると、急に又兵衛が足を止め、無言で三人の動きを制する。

柳の木の陰からすうっと人影が現れた。いきなり男が斬りかかってくる。又兵衛、さっと身をかわす。

「なにやつ」

「おう、花川戸の長兵衛、命はもらった」

赤ら顔の熊次郎であった。その横には猪面の伊之吉がやはり刀を構えている。

「また、貴様らか。熊次郎、馬鹿な真似はよして、さっさと消え失せろ。大事の前だ。

命ばかりは助けてやる」

「へん、丸腰のくせに偉そうに。こっちはふたりとも長脇差《どす》だぜ」

「寅吉の差し金か」

「そうとも。おめえを殺せば五十両、明日の助太刀に出られねえよう手傷を負わせても十両にはなるんだ。みんなやりたがったんだが、俺と伊之とで、山分けさ」

「へへ、兄貴、ついでにあの女ももらっていこうぜ」

伊之吉がにたにた笑う。

「いいねえ。ずっとお預けだったからな」

「貴様ら、金に目がくらんで、わしを殺す所存か。愚か者めが」

「なに言いやがる」

「三助、お妙、さがっておれ。小太郎も手を出すでないぞ」

熊次郎と伊之吉は左右から長脇差を構えて、又兵衛に迫る。

「死にやがれっ」

がむしゃらに突いてくる伊之吉の切っ先をさっとかわし、その腕をとってねじあげ、長脇差を奪って、肩から背に斬りつける。

「ぎゃああ」

叫んで伊之吉は倒れる。

「野郎、やりやがったな」

大柄な熊次郎は怒りを全身に漲《みなぎ》らせ、びゅんびゅんと長脇差を振り回し、又兵衛の頭上に斬りかかる。

ひょいと左によけ、無造作に相手の胴を薙《な》ぐ又兵衛。

かっと目を見開いたまま、熊次郎の巨体が崩れる。

「あっけないものだな」

又兵衛がつぶやく。

「わしは今まで一度も人を斬ったことがなかった」

「そうなんですか」

驚く小太郎。

「剣術の修行と殺生《せっしょう》とはまた別じゃ。実はいささか心配しておったのだ。わしに人が殺せるだろうかと。だが、懸念にはおよばぬな。この者どもを斬っても、まるで心が痛まぬ。邪《よこしま》なる者どもは大根と同じじゃ。明日は思う存分に働けるであろう」

快晴であった。

「先生、絶好の仇討ち日和《びより》ですぜ」

「そうだな」

友蔵と良庵、ふたりそろって護持院ヶ原へ向かう。

鎌倉河岸《かまくらがし》から三河町《みかわちょう》のあたりまで来ると、やけに人が多くなる。どうやら、みな同じ方角を目指しているようだ。

「へへ、これから人が殺し合おうってのに、うれしそうな野次馬がいっぱいだ」

「前評判が高いからな」

「先生、小太郎さんが心配ですね」

「ご隠居は素手で五人を叩き伏せたんだろ。刀を持てば、もっとすごいぞ」

「だけど、相手だって命がけだ。ご隠居が助太刀を何人倒そうと、小太郎さんが玄蕃に斬られたら勝負ありですぜ」

そうこうするうちに護持院ヶ原に着いた。

かつて、五代将軍が生母桂昌院《けいしょういん》の寵愛《ちょうあい》する僧隆光《りゅうこう》のために寺院を建立《こんりゅう》した。それが護持院である。隆光は大僧正となったが、やがて五代将軍の死とともに失脚し、広大な寺は享保《きょうほう》年間（一七一六～一七三六）に火事で焼失。以後、ここは火除け地となり、時折将軍が鷹狩りをする他は、町人にも開放されている。

「わあ、先生、思ったよりすごい人出だ」

「ほんとだなあ」

広い芝生の一部が急ごしらえの竹矢来《やけやらい》で囲まれている。周囲を取り巻く群衆を町方の役人が整理している。

人出を見込んで、酒、茶、団子、蕎麦などを売る屋台が出ている。

竹矢来には入口が一か所あり、六尺棒を持った奉行所の小者が左右に立っている。内側には検分の席が用意され、すでに数人の武士が床机《しょうぎ》に掛けている。

「御番所の役人が見に来てるんですね」

「それと、松平但馬守のほうからも人が出ているようだ。考えてみれば、討手も敵も藩籍を離れたとはいえ、松平の家中だからな」

「なあるほど」

「そろそろ、午の刻だが、小太郎さんも玄蕃もまだかな」

そのとき、群衆から「わあ」と声があがり、竹矢来の入口に凛々《りり》しい若武者の小太郎と堂々とした古武士のごとき又兵衛が姿を現し、役人に一礼して内側に進む。

「ご隠居、やっぱり強そうだ」

「先生、あそこに」

竹矢来にくっつくようにして、見守る三助とお妙を見つける。

「おい、三ちゃん」

「やあ、友ちゃん、先生」

「うん、これだけの人出だ。会えてよかった」

午の刻を報せる鐘が鳴る。

「玄蕃がまだ来ませんねえ」

「汚いやつだ。わざと遅れてじらす気だろうか」

再び「わああっ」と声があがる。

「なんだ、あれは」

忠臣蔵の義士を思わせる火事装束にだんだら羽織の一団が竹矢来の入口で立ち止まる。その数およそ二十数名。

「先生」

「うん、あれはひどいな。金にあかせて雇ったんだろうが」

芝居の大星由良助のごとき兜頭巾の谷垣玄蕃が、竹矢来の入口で検分の役人になにやら咎められている。

「そりゃそうだ。これじゃ、公平とはいえない」

「おや」

玄蕃が役人たちになにか渡したようだ。

役人たちは渋々うなずき、火事装束の一団は竹矢来の中へ。

「袖の下を使いやがったぜ」

「いくらご隠居が強くたって、たったふたりで、あの人数が相手じゃ、勝負にならないや」

そのとき、また竹矢来の入口にひとりの武士が立つ。白髪頭に鉢巻き、襷《たすき》がけ、袴の股立《ももだ》ちを取り、老齢のようだが矍鑠《かくしゃく》としている。

「また新手《あらて》だよ。えっ、先生、どうしたんです」

手拭いで総髪に鉢巻きを締める良庵。

「見ちゃいられない。俺も助太刀する」

「ええっ、先生、医者がなんの助太刀ですか」

「これでも少し剣術を習ったことがある。幸い腰に二本差してきた。お妙さん、高田馬場の堀部安兵衛じゃないが、そのしごきを貸してくれ」

「先生」

良庵はお妙から赤いしごきを借りると、襷掛け、尻端折りで竹矢来の入口に駆けてゆく。

「ふふ、玄蕃め、考えおったな。敵《かたき》のくせに義士の扮装とは。見物人は大喜びじゃ」

「ご隠居様。二十人以上はおりましょう」

「なんの、荒木又右衛門は伊賀上野で三十六人斬ったというぞ。金で雇われた不逞《ふてい》の輩《やから》、ひとり残らず斬り捨てるまでだ。義士を斬るのはちと、忍びないが」

老いた武士が近づいてくる。

「多勢に無勢はあまりに卑怯ゆえ、助太刀いたす」

小太郎が目を瞠る。

「大伯父様ではございませぬか」

「うむ。小太郎、久しいのう」

「そこもとは」

「高木左門でござる。結城平右衛門は拙者の義理の甥。逆縁の仇討ちはご定法に適わぬので、小太郎の助太刀として加わり申す」

「おお、高木左門殿でござるか。拙者、訳あって本日は浪人花山《はなやま》長兵衛と名乗っておりますが」

「ふふ、妙からの文で存じ上げておりまする。本所のご隠居石倉殿でござろう」

「いかにも石倉又兵衛でござる」

「小太郎へのご助力、ありがたく存ずる」

「しかし、高木殿。お志はかたじけないが、そのご高齢では」

「なんの。国元の道場では、ちと鳴らしましたぞ。玄蕃めとは旧知の仲、木剣で立ち会うたこともある。が、相手ではなかった。まだまだ若いものには後《おく》れはとらぬ」

「うむ、それは心強うござる」

「じゃが、敵どもが義士の扮装では、それがしの白髪首、まるで吉良上野じゃな」

左門は扇子で白髪頭をぽんと叩く。

「ご隠居っ」

そこへ駆けつける良庵。

「良庵、おぬし、いったい」

「わたしも加勢いたしますぞ」

「剣術はできるのか」

「ご挨拶だな。医者は怪我人を助けるのが仕事ですが、逆もまたしかり。長崎に行く前、国元で一刀流を少々」

良庵は左門を見て、

「そちらの御仁は」

「拙者、小太郎の大伯父、高木左門と申す」

「ああ、あなたが。わたしは榎本良庵と申します。高木様は国元とうかがっておりましたが、いつ江戸へ参られました」

「それが、うむ、所用あって昨日着いたばかりでござる。するとこの騒ぎ、駆けつけてみれば、この有様。思わず老骨に鞭打って、加わり申した」

そこへ羽織袴の役人が近づき、頭を下げる。

「拙者、このたび松平但馬守様ご家中とともに検分を務めます北町奉行所与力、津上《つがみ》忠右衛門《ちゅうえもん》と申します。今、敵の谷垣玄蕃とも話しましたが、人数に差がありすぎる。ここは、とりやめにしてはいかがか」

「拙者、これなる結城小太郎の助太刀をいたす武州《ぶしゅう》浪人花山長兵衛にござる。とりやめとなると、どうなりまする」

「好機をご辞退なされたとみなされ、仇討ち免状は無効。この後、結城殿は玄蕃を討つこと相なりませぬ」

「もし他日に討てば」

「ご浪人なれば、商人殺しとして、町方にて御用となり死罪」

「相わかった。こちらが引き下がれば、戦わずして向こうの勝ちか。では、われら四人にて今すぐ執《と》り行いまする」

「承知いたした」

役人は一瞬、憐《あわ》れむような目をした。そして、戻って行くと玄蕃に伝え、検分の席に着く。

「玄蕃め、姑息《こそく》な手を使いますな」

「よほど、命が惜しいのであろう。さて、いよいよじゃ。小太郎、わしの言った通り、その場を動くでないぞ」

「はい」

「敵は玄蕃を入れて二十四人。金で雇われた無頼の輩《やから》など、なんともなる。高木殿は小太郎の弓手《ゆんで》（左手）をお守りくだされ。良庵は馬手《めて》（右手）を頼む」

「承知」

「わしは正面で雑魚《ざこ》どもを片付ける。今生《こんじょう》の別れになるやもしれぬが、力の限り戦おうぞ」

「心得た」

四人は義士の扮装の一団と向き合う。

役人が声をかける。

「お始めなされ」

采配《さいはい》を振る玄蕃。

喚声をあげ、刀を振りかざし、小太郎を目指す敵の輩たち。

又兵衛は小太郎の前に進み出て、抜き打ちにまず駆け寄るひとりの胴を払い、返す刀でもうひとり、ふたり、三人と斬る。あっという間に四人が血を流した。あまりの早業に敵はひるむ。

「待て待て、こいつの相手は俺だ」

又兵衛の前に向き合う浪士がだんだら羽織を脱ぎ捨てる。

「こんなもん、着てちゃ、やりにくくてしょうがねえ。おまえを斬るのを楽しみにしてたぜ」

用心棒の黒崎であった。

「博徒の手先の死に狂いか」

「ほざくな。おい、みんな邪魔するんじゃねえぞ」

又兵衛と黒崎は剣を構えたまま、睨み合い、じりじりと距離を縮める。

その間にも、左右から小太郎に迫る敵たち。小太郎を倒した者には歩合が約束されているのだろう。

小太郎は上段に構えたまま、周囲を無視し、不動の姿勢を保つ。

左手側の高木左門は老齢ながら素早い剣さばきで、近づく者は容赦なく斬り捨てる。次々に宙をつかみ、もんどり打って倒れる敵たち。

右手側の良庵も、助太刀を買って出ただけあって、医者らしく、敵の急所を的確に刺す。

「あっ」

深く刺しすぎて、刀が抜けない。

横から別の敵が良庵に斬りかかる。

「やあ」

その寸前、高木左門が投げた小柄《こづか》が敵に刺さり、良庵を救う。

「ご老人、かたじけない」

「なんの」

微笑みながら、次々と敵を斬る左門。

良庵も負けじと、来る者を斬り倒す。

しばし睨みあっていた又兵衛と黒崎。黒崎からすさまじい殺気がほとばしる。

「やああ」

胴を狙ってくるのを素早くかわすと、今度は返す刀で突いてくる。修羅場《しゅらば》をかいくぐってきた用心棒の剣は、道場の剣術とは違う。間髪《かんはつ》を容《い》れずに斬ってくるのだ。

が、打ち合ううちに、黒崎の息が乱れる。壮年ながら日頃の飲酒が災いしたのか。

黒崎は大きく息を吐いた。その一瞬の乱れをついて、又兵衛の剣が閃《ひらめ》いた。


玄蕃は呆然としていた。竹矢来の内側には二十三人の死骸。討手は四人とも生きながらえている。

このままでは自分も無残に斬られるであろう。玄蕃は四人の前に進み出た。

「みなみなお見事なるお働き、感服つかまつる。もはや拙者、生き延びようとは思わぬ。かくなる上は小太郎殿と運だめしがしてみたい」

言葉遣いも商人遠州屋五右衛門から武士に戻っていた。

「いかがでござろうか。小太郎殿が勝てば、仇討ちはめでたく成就する。拙者が勝てば、この場で腹を切る所存でござる」

「小太郎、どうする」

「はい。わたしはここを死に場所と決めておりました。勝っても負けても悔いはありません」

「よくぞ申した。玄蕃、聞いての通りじゃ」

「かたじけない。拙者も最期は武士として終わりたい」

又兵衛たちは脇に退《しりぞ》き、小太郎は再び上段に構える。

正眼に構えた玄蕃は相手のあまりの無防備に一瞬ためらうが、ここぞとばかりに、一気に突いて出る。

「ええいっ」

玄蕃の切っ先が小太郎の胸に触れんとした瞬間、かちっと音を立て、割れた兜頭巾の額から血を流して玄蕃が倒れる。小太郎一撃の薪割り剣法である。

「ううっ」

虫の息で玄蕃が唸る。

「結城小太郎、見事じゃ。おぬしの父を斬ったこと、これで天罰が下ったのう。だが、それにはわけがあった。それは、ううう」

「小太郎、なにをしておる。早う止《とど》めを」

高木左門が急《せ》かす。

「はい」

止めを刺され、玄蕃は事切れる。

「やったぞ」

竹矢来を取り囲む群衆から称賛の嵐が沸き起こる。

「おめでとうござる」

奉行所与力の津上が頭を下げる。

「本来ならば北の御番所にご同道願い、手続きいたすところ、但馬守様ご家中の方々よりお口添えあり、明日、お屋敷においでなさいますようにとのことでござる」

「では、これにて、われら引き上げてもよろしゅうござるか」

「はい、ただ、もう人がこう大勢騒いでおりますので、こちらでなんとかいたしましょう」

お妙、三助、友蔵が駆け寄ってくる。

「小太郎」

「姉上」

手を取り合う。

「ご隠居様、先生、小太郎をお守りくださり、ありがとうございます」

「いや、小太郎が一騎打ちで玄蕃を倒したのじゃ」

お妙は深々と頭を下げる。

「ひとえに、ご隠居様のご指南のおかげでございます。大伯父様」

「妙、久しいのう」

「このたびはご加勢、ありがとう存じます」

「なあに、年寄りの冷や水。が、無事に仇討ちが成就し、まことにめでたい」

高木左門は手を打つ。

「こんなめでたいことはない。そうじゃ。これより仇討ち成就の祝いをいたそう。実は柳橋にわしの顔の利く茶屋がある。そこで一席設け、小太郎と又兵衛殿、良庵殿を労《ねぎら》い申そう」

「だが、左門殿、実を申せば、それがし、酒は苦手でござる」

「ほう、さようでござるか。酒は飲まずとも祝いの宴《うたげ》、山海の珍味などいかがかな。いや、うれしいのじゃ。今日は拙者が馳走いたしたい」

「そこまで申されるのなら、ひとつ、お願いがござる」

「なんでござろう」

「これなる三助と申すは、拙者の小者でござる。このたびの仇討ち、大いに手助けをしてくれた。宴に同席を願いたいが、いかがでござろう」

三助があわてて手を振る。

「うわあ、大殿様、なにをおっしゃいます。滅相な。わたくしのような身分の者がみなさまと同席などと、とんでもない」

「なにを言うか。三助、おまえはわしの大切な味方じゃ。ともに小太郎を祝おうぞ」

「うう」

三助、喉をつまらせ目頭を熱くする。

「馬鹿者っ、めそめそするでない。おまえはへらへらが似合うておる」

「あ、やっぱりいつもの大殿様だ」

「よろしゅうござる。無礼講ゆえ、みなみな同席なされよ」

「では、わたしからも」

良庵がにやりとしながら、「この友蔵、町方の手先ではありますが、玄蕃の動向を探るのによく働いてくれましたので、いっしょに連れていきたい」

三

座敷には酒と料理が次々と運ばれた。

上座には又兵衛と小太郎。一番下座の端っこに三助と友蔵が小さく並んで飲んでいる。

「友ちゃん、すごいごちそうだね。俺、こんなの初めてだよ」

「俺もだい。だけど、ご隠居様、偉いねえ。おまえのような下っ端の小者を宴に同席させるんだもの」

「俺、うれしくて。毎日小言を言われてるけど、俺、大殿様が」

「おい、めそめそすんなよ。また怒鳴られるぜ」

「ほんとだ」

「三ちゃん、それよりもなによりも、俺は今日ほど胸がすかっとしたことはないね。なにしろ、たった四人で二十何人の悪党を斬り殺しちゃったんだもの」

「大殿様ひとりで、十人以上は斬ってるよ」

「俺は先生がいきなり飛び入りしたのには、度肝を抜かれた」

「医者のくせに、とんだ人殺しだ」

「飛び入りといやあ、あのご老人もすごいぜ」

「でもね、俺が一番驚いたのは、やっぱり小太郎さんだ。俺はてっきり大殿様が助太刀で玄蕃を斬るって思ってたから、最後の最後で小太郎さんが見事に敵を討ち果たしたのには心底驚いた。あのひ弱いひょろひょろの小太郎さんが」

「やっぱり侍ってのは、なんかすごいねえ」

　高木左門は又兵衛に酒をすすめている。

「いやいや、それがしは不調法でござる」

「めでたい席ですぞ。一口だけでも」

「いや、それればかりはお断り申す」

「大伯父様、では、わたくしがお受けいたしましょう」

「おお、小太郎。本日の働き、まことに見事であった。まもなく殿のお耳にも入り、結城の家は再興、出世は間違いなしじゃ。そちの父も草葉の陰でさぞかし喜んでおろう」

「父の敵を討てましたこと、うれしく存じます。が、これもご隠居様をはじめ、みなさまのおかげでございます。わたくしには剣の腕などございませんし、帰参が叶いますれば、ご奉公には務めますが、出世は望んでおりません」

「出世を望まぬと。欲のないことを申すな」

「欲を捨てたればこそ、今日の勝負、勝てたと思うております」

「なるほど。が、結城の家が再興となれば、妙、次はそちの嫁ぎ先じゃ。このたびの仇討ちは武門の誉れ、縁組の話が次々と舞い込もう」

「大伯父様」

お妙は左門を見据える。

「わたくしは国元へは帰らぬつもりでございます」

「なに。おお、そうか。江戸が気に入ったか。ならば、江戸詰めの中から相手を探そうかのう」

「いいえ、嫁ぐつもりはございません」

「え、どういうことじゃ」

「わたくし、この先は、ご隠居様にお仕えいたしとうございます」

一同は驚く。

「なんと申す」

又兵衛はあわて、左門は顔をしかめる。

「石倉殿。妙がこのようなことを申しておりますが」

「困りましたな。お妙、おまえ、本所で女中を続けるつもりか」

「はい。この歳になるまで、父からも母からも大伯父様からも叱られたことなく過ごしてまいりましたが、ご隠居様のお小言、ひとつひとつが大変ありがたく、わが身のいたらなささを思う日々でございました。ご隠居様さえご承知ならば、この先は大殿様としてお仕えいたしとう存じます」

「お妙、わしの小言、ますますうるさくなるぞ。よいのか」

「楽しみにしております」

「おい、三ちゃん、あんなこと言ってるよ。おまえの同類の物好きがひとり増えそうだ」

「では、高木殿。お妙がこう申しておるので、しばらくこちらでお預かりいたそう。年頃の娘ゆえ、いずれ縁があれば、嫁ぐときもこよう。その折には、またご相談いたしたく、とりあえずは」

「妙がそう申すなら、それがしも異存はござらん」

宴《えん》もたけなわ、左門は立ち上がる。

「それがし、明日は早朝よりお役目がござるので、これにて失礼いたす。いや、どうぞ、そのまま、そのまま。まだ酒も料理もいくらでもまいるゆえ」

隅で煙草をすぱすぱやっていた良庵、煙管《キセル》をぽんと叩きつける。

「あ、では、わたしもごいっしょしましょう。お屋敷は小石川でしたな」

「さよう」

「同じ方角だ。どうも今日は人をたくさん殺してしまったんでね。匙《さじ》加減を誤って殺すよりも、寝覚めが悪い。胸がいっぱいで、これ以上は飲み食いできない」

茶屋を出た左門と良庵が柳原《やなぎわら》通りを肩を並べて歩く。

満天の星空に下弦《かげん》の月が浮かんでいる。

「そろそろ秋も終わりですねえ」

「さよう」

「今日は助かりました。あのとき、小柄を投げていただかなければ、わたしは死んでいたでしょう。お歳のわりに、お強いですなあ」

「なんの、なんの。それがしも礼を言う。小太郎のために、よくぞ助太刀してくださされた」

「谷垣玄蕃、死になにか言おうとしてたようだ。気づかれましたか」

「そうであったかのう」

「それにしても、遠州屋の身代、大層なもんでしょうなあ」

「思いも及ばぬ」

「町人たちに法外な利息で金を貸してたっていうんですが、どうなるのかなあ」

「証文は焼き捨てられるのではないか」

「それじゃ、借りてた人たちは大喜びでしょうね」

「はは、まったく」

「大名や公儀の重職にも貸していたとか」

「そうらしいのう」

「それも全部帳消しになりますね」

「そうなるであろう」

「土蔵に積まれてるという千両箱、あれは但馬守様のところへ行くんですか」

「いや、そうはならぬな。おそらくは、ご公儀が帳簿を整理し、金額をたしかめた上で、御金蔵《ごきんぞう》入りとなるのではなかろうか」

「そうか。高木様はお国では勘定方でしたな」

「いや、今は公事方《くじ》に移り申した。そろそろ隠居でござる」

「実はわたし、悪い癖がありまして」

「ほう」

「物事が理屈で割り切れぬと、気持ちが悪い」

「変わった癖でござるな」

「初めてお妙さんから、仇討ちのことを聞いたとき、なにか、ずっと引っかかっていたんです」

「どういうことかな」

「勘定方の結城平右衛門さんが谷垣玄蕃になぜ斬られたのか」

「玄蕃と御用商人大和屋との不正を見抜いてしまったからだ」

「そうなんです。ならば、なぜ、上役であるあなたに相談もなく、夜に玄蕃を訪ねたんでしょう」

「玄蕃は妙に懸想《けそう》しておった。それゆえに私怨《しえん》もあったのだろう。だから斬られたのだ」

「平右衛門さんを斬ったあと、玄蕃は大和屋に押し入って亭主を殺害して、金を奪っておりますが、女房は玄蕃だとは言っていない」

「頭巾で顔を隠していたので、女房は断言できなかったようだ」

「平右衛門さんは不正を訴える書状を書いていた。だが、玄蕃の不正と大和屋殺しは不問にされ、平右衛門さんを私闘で殺害しただけ。そのため追手もかからず、平右衛門さんの妻女は十七歳の娘と十二歳の息子を残して自害。四年後にようやくお妙さんと小太郎さんに仇討ち免状がでた」

「藩の体面を思うてのことじゃ」

「玄蕃は江戸に出て、金を儲け、大名や旗本にまで金を貸しています。成り上がりの金貸しが、いったいどうして身分の高い人たちに取り入ることができたのか」

「金さえあれば、なんでもできる」

「そうなんですがね、どうも悪い癖で、頭の中がもやもやして。で、わたし、煙草と酒をいっしょにやるのが大好きでしてね。ことに上等の酒は頭を冴《さ》えさせる。さっき、すぱすぱやってると、もやもやが晴れてきました」

「ほう」

「玄蕃は不正にかかわってはいたが、ただの使い走り。もうひとり、大物がいたんです」

「大物だと」

「ええ、玄蕃と大和屋をうまく使って、藩のお金をごっそり手に入れて私腹を肥やしていた。が、平右衛門さんに見抜かれ、玄蕃を使って殺害。玄蕃に因果を含めて逃がし、自分で大和屋を殺した。腕が相当にいいんです。平右衛門さんの妻女もいろいろ知ってしまったんで、自害に見せかけて殺した。玄蕃は江戸に出て、その大物を後ろ盾に商売がうまく当たり、その大物のとりなしで公儀のお偉方とも付き合う。だが、玄蕃はだんだんと図に乗ってくる。そこで今度の仇討ち騒ぎです。これを機会に玄蕃を消してしまえば、後腐れがない。そんなところではありませんか。高木様」

「たしかに良庵殿、悪い癖じゃわい。頭が切れるのも考えものだ。小賢しくひけらかすのは、なお悪い。いつわかった」

「今日、護持院ヶ原にあなたが現れたとき、おかしいなと思ったんです。それに柳橋の茶屋はちとやりすぎだ。酒も料理も上等でした。あそこは高いでしょうね。あなた、おっしゃったでしょう。昨日江戸に着いたばかりだと。それにしては、主人も番頭もぺこぺこして、よほどの馴染み客。女中にそっと尋ねたら、二、三日前にもあの茶屋を使っていますね。駿河のお大尽」

いきなり刀を抜いて斬りかかる左門。

ぱっと跳びすさる良庵。

「わたしを斬りますか」

「うむ。久々にたくさん斬ったので、刀が喜んでおる。まだまだ血が吸いたいようじゃ。さ、抜くがよい。今の話、面白かったが、他の者には聞かせたくない」

「高木殿」

はっと振り返ると、又兵衛と友蔵が立っている。

「悪いが、その話、わしらも聞いてしまったぞ」

「又兵衛殿、つけておられたか」

友蔵がにやり。

「良庵先生が同じ方角と言ったのが、ひっかかりましてね。あれは謎かけでしょう」

「さすがに御用聞き、おまえ、いい親分になるぜ」

「なにをごじゃごじゃ申しておる。こうなれば、三人そろって、あの世へ送るまでじゃ」

左門は抜き身を構える。

「それはどうかな。高木殿。酔っておられるようだ。そこもとほどの武芸者ならば、われらの気配、見抜けぬはずはないのだが」

「勝利の旨酒《うまざけ》に多少酩酊いたした。不覚でござる。が、剣の腕はまだまだ若いものには負けぬ。さ、お抜きなされ、又兵衛殿」

「それがし、五十を過ぎて若いと言われたのは初めてでござる」

さっと抜く又兵衛。

「高木殿は相当の遣い手じゃ。良庵、友蔵、わしが負けたら、振り返らずに近くの番屋に駆け込むがよい」

頷く良庵。

「承知しました。が、そんな心細いことをおっしゃらず」

左門は老人とは思えぬ素早さで、たたっと駆け寄り、又兵衛の顔面に振り下ろした。

一瞬、又兵衛の剣がそれを払い、闇に火花が散る。

「できるな。又兵衛殿」

又兵衛は中段のまま切っ先を左門の顔に向ける。

「高木殿、そこもとほどの腕がありながら、なにゆえ悪事を」

「しれたこと。剣技では出世はできぬ。万事、金があれば、望み次第」

「愚かな」

間髪容れずに踏み込む左門。宙を跳ぶ又兵衛。ふたりのからだが交差し、離れた瞬間、左門の顔に笑みが浮かぶ。

「下戸は、いやじゃのう」

そのまま崩れる左門。

「ご隠居」

「うむ。手強い相手であった。そのほうら、このこと、決して小太郎とお妙に言うでないぞ」

「はい。ですが、この亡骸、いかがいたしましょうかな」

腕を組んで頭をひねる又兵衛。

「川に投げ込むわけにもいかぬ」

「しょうがねえ。ここはひとつ、あたしが番屋に駆け込んで、作り話をいたしましょう」

護持院ヶ原の仇討ちは江戸中の評判となり、瓦版《かわらばん》に書き立てられ、噂が噂を呼んだ。

討手は松平但馬守の家臣結城平右衛門の遺児小太郎、助太刀は武州浪人花山長兵衛、小太郎の大伯父高木左門。もうひとりの飛び入りは不詳と書かれていた。

遠州屋五右衛門こと谷垣玄蕃の助太刀は金で雇われた無頼の浪人と博徒であり、その数は四十七人にふくれあがって伝えられた。

高齢の高木左門は当日の働き目覚しかったが、その夜、何者かに襲われて無念にも命を落とす。玄蕃の残党による意趣返しかと思われる。

玄蕃に助っ人を斡旋《あっせん》した橋本町の寅吉は、取り調べで旧悪を暴かれ、吟味のため伝馬町に入牢したが、ほどなく囚人たちに責められ獄死した。

季節の変わり目である。

「どうじゃな、三助。父上のご様子は」

「はい、お変わりなく」

三助はお屋敷の勝手口に控えて、奥様の美緒に応えている。

ほんとうはびっくりするほど、お変わりがあるんですがねえ、とは言えない。

「先般、護持院ヶ原で仇討ちがあったこと、そちは存じおるか」

「はあ、そんな噂を耳にしたように思いますが、なにぶんにも本所の外れでございますので、お城近くのことは、なかなか」

「ならば、よいのじゃが。父上の耳に入らねばと心配しておった」

「さようで」

「あのご気性ゆえ、仇討ちなどの噂を聞けば、がむしゃらに気を高ぶらせ、加勢に参じぬとも限らぬ」

「まさか、そのようなことは」

「相変わらず、父上の小言、絶えぬであろう」

「わたくしはもう、慣れっこでございます。今度の女中も小言がさほど苦にならぬようで、居ついております」

「ほう、それは重畳《ちょうじょう》じゃ」

「ただ、女中の弟、これが下働きで重宝《ちょうほう》しておりましたが、このほど、里へ帰ることになりまして」

「そちも、大変じゃなあ。あの父によくぞ我慢して仕えてくれるのう。礼を申すぞ」

「いいえ、奥様、滅相もない」

又兵衛、お妙、三助は、国元へ帰参する小太郎と高輪《たかなわ》の木戸で別れを惜しむ。

「ご隠居様、このたびのご恩、決して忘れませぬ」

「わしこそ、おまえに礼を言う。この泰平の世に、仇討ちの助太刀ができたのじゃ。これほどうれしいことはないぞ」

「わたくしは何度も泣き言を申しました。今でも剣の腕は未熟、学問も中途半端、弱くてつまらない男ですが、でも、これからは前向きに生きていける気がいたします。そして、できることなら、ご隠居様のような武士になりたい」

「馬鹿者っ、そう簡単になれるものか」

「ただ残念なのは大伯父が亡くなったこと」

「酔って不覚を取られたようじゃが、あの日のお働き、高木殿は立派な武人として生涯を全うされた」

「はい、わたくしもそう思います。姉上、十二の歳よりわたくしを育ててくださり、ありがとう存じます」

「小太郎、長の道中、気をつけるのですよ」

「はい、またお会いできることもあると思います。三助さんもどうかお元気で」

「小太郎さん、ううっ」

「泣くやつがあるか、馬鹿めっ」

遠ざかり、だんだんと小さくなる小太郎を三人はじっと見送っている。

「これから、退屈じゃなあ。また仇討ちの出物がないかのう」

「あるわけありませんよ」

「ならば、三助、おまえを相手に剣術の稽古でもいたそうか」

「それだけは勘弁してくださいな」

「そうだ、お妙、おまえ、江戸に出てきて、まだ一度も芝居を観ておらぬな」

「はい」

「三助、今年の顔見世は三座そろって忠臣蔵であったな。今から楽しみじゃ」

「ああ、それが大殿様、忠臣蔵はとりやめになりましたよ」

「なに」

「例の護持院ヶ原の仇討ち、赤穂義士の恰好した敵がばたばた殺されたんで、忠臣蔵の人気ががた落ちだそうです」

二見時代小説文庫

小言又兵衛《こごとまたべえ》 天下無敵《てんかむてき》 血戦護持院ヶ原《けっせんごじいんがはら》

著者 飯島一次《いいじまかずつぐ》

発行所 株式会社 二見書房
東京都千代田区神田三崎町二―一八―一一
電話 〇三―三五一五―二三一一［営業］
〇三―三五一五―二三一三［編集］
振替 〇〇一七〇―四―二六三九

印刷 株式会社 堀内印刷所
製本 株式会社 村上製本所

 ISBN978−4−576−18075−5
http://www.futami.co.jp/

氷月 葵

御庭番の二代目 シリーズ

将軍直属の「御庭番」宮地家の若き二代目加門。
盟友と合力して江戸に降りかかる闇と闘う！

以下続刊

①将軍の跡継ぎ
②藩主の乱
③上様の笠
④首狙い
⑤老中の深謀
⑥御落胤の槍
⑦新しき将軍

婿殿は山同心

完結

①世直し隠し剣
②首吊り志願
③けんか大名

公事宿 裏始末

完結

①公事宿 裏始末 火車廻る
②公事宿 裏始末 気炎立つ
③公事宿 裏始末 濡れ衣奉行
④公事宿 裏始末 孤月の剣
⑤公事宿 裏始末 追っ手討ち

二見時代小説文庫

麻倉一矢

剣客大名 柳生俊平

シリーズ

将軍の影目付・柳生俊平は一万石大名の盟友二人と悪党どもに立ち向かう！ 実在の大名の痛快な物語

以下続刊

①剣客大名 柳生俊平 将軍の影目付
②赤鬚の乱
③海賊大名
④女弁慶
⑤象《ぞう》耳《みみ》公《く》方《ぼう》
⑥御前試合
⑦将軍の秘姫《ひめ》
⑧抜け荷大名
⑨黄金の市

上様は用心棒

完結

①はみだし将軍
②浮かぶ城砦

かぶき平八郎荒事始

完結

①かぶき平八郎荒事始 残月二段斬り
②百万石のお墨付き

牧 秀彦

浜町様 捕物帳
シリーズ

以下続刊

江戸下屋敷で浜町様と呼ばれる隠居大名。国許
から抜擢した若き剣士とさまざまな難事件を解決!

浜町様 捕物帳

① 大殿と若侍
② 生き人形

八丁堀・裏十手

① 間借り隠居
② お助け人情剣
③ 剣客の情け
④ 白頭の虎
⑤ 哀しき刺客
⑥ 新たな仲間
⑦ 魔剣供養
⑧ 荒波越えて

完結

毘《び》沙侍《しゃざむらい》降《ごう》魔《ま》剣《けん》

① 誇
② 母
③ 男
④ 将軍の首

完結

孤高の剣聖 林崎重信

① 抜き打つ剣
② 燃え立つ剣

完結

神道無念流 練兵館

① 不殺の剣

完結